DREAMBOOKS★

DREAMBOOKS

DREAMBOOKS★

DREAMBOOKS★

오렌 퓨전판타지 장편소설
FUSION FANTASY STORY & ADVENTURE

幻野魔帝
환야의 미제

3

dream books
드림북스

환야의 마제 3

초판 1쇄 인쇄 / 2014년 5월 29일
초판 1쇄 발행 / 2014년 6월 5일

지은이 / 오렌

발행인 / 오영배
책임편집 / 편집부
펴낸 곳 / (주)삼양출판사 · 드림북스

주소 / 서울특별시 강북구 솔샘로67길 92
대표 전화 / 02-980-2112 팩스 / 02-983-0660
편집부 전화 / 02-980-2116 팩스 / 02-983-8201
블로그 / blog.naver.com/dreambookss

등록번호 / 제9-00046호
등록일자 / 1999년 3월 11일

ⓒ 오렌, 2014

값 8,000원

(주)삼양출판사 · 드림북스의 서면 허락 없이는 어떠한
형태나 수단으로도 이 책의 내용을 이용하지 못합니다.

ISBN 978-89-542-5383-3 (04810) / 978-89-542-5380-2 (세트)

* 지은이와 협의하에 인지는 생략합니다.
* 잘못된 책은 구입한 곳에서 바꾸어 드립니다.

이 도서의 국립중앙도서관 출판시도서목록(CIP)은
서지정보유통지원시스템홈페이지(http://seoji.nl.go.kr)와 국가자료공동목록시스템(http://www.nl.go.kr/kolisnet)에서 이용하실 수 있습니다. **(CIP제어번호: 2014016389)**

3

오렌 퓨전판타지 장편소설

FUSION FANTASY STORY & ADVENTURE

幻野魔帝
환야의 미제

dream books
드림북스

幻野魔帝
환야의 미제

Chapter 1. 네 용기를 증명해 봐라! | **007**

Chapter 2. 꿈인가? 현실인가? | **031**

Chapter 3. 소년 영주 | **055**

Chapter 4. 능력보다 인성이 더 중요하다 | **081**

Chapter 5. 목표를 세우다 | **109**

Chapter 6. 제국의 그랜드 마스터 | **135**

Chapter 7. 왕을 훈계하다 | **159**

Chapter 8. 이모털 무타티오 | **189**

Chapter 9. 마법을 배우다 | **217**

Chapter 10. 세 번째 조건 | **241**

Chapter 11. 암흑 결계 | **265**

Chapter 12. 찬란한 은빛 날개 | **285**

Chapter 1

네 용기를 증명해 봐라!

"끄긱! 끄아아악!"

"꾸아악!"

대검의 검신이 번쩍일 때마다 리자드맨들이 수십여 마리씩 쓰러졌다. 리자드맨 진영에는 적지 않은 각성자들이 남아 있었지만, 마왕 쿠드나스의 죽음으로 그가 만든 마갑주가 파괴된 터라 그들은 제대로 대항도 못 해 보고 죽임을 당했다.

쉬걱! 스커커컥!

무식하도록 빠르게 대검을 휘두르는 거구의 사내. 물론

그는 라우벤이었다. 크라케가 결계로 사라지기 전 포션으로 그를 치료해 주었고, 그 덕에 체력을 회복한 그는 내친김에 리자드맨 잔당을 소탕 중이었다.

그렇게 라우벤이 리자드맨들을 일방적으로 도륙하는 장면을 구경하듯 지켜보고 있는 일단의 인물들이 있었으니. 라우벤이 힐끗 그들을 노려보며 인상을 썼다.

"어이. 거기 너희들은 뭣들 하는 거냐?"

그러자 롤란드가 씩씩하게 대답했다.

"하하, 저희가 나서면 라우벤 님께서 움직이는 데 오히려 방해가 될 것 같아 말입니다."

"물론 방해가 되는 것은 맞다. 하지만 최소한 하는 시늉이라도 보여야 할 것 아니냐? 나이 든 나 혼자 싸우는데 젊은 것들이 구경이나 하고 있다는 것이 말이 되는가? 엉?"

순간 옆에 있던 비니안이 대꾸했다.

"아빠! 롤란드 오빠 말이 맞아요. 아빠 혼자서 잘할 수 있는데 공연히 우리까지 나설 필요는 없잖아요. 안 그래, 롤란드 오빠?"

"그건 그렇지."

롤란드가 고개를 끄덕였다. 순간 라우벤의 인상이 삐딱하게 변했다.

"너 이 녀석 지금 누구 편을 드는 거냐? 감히 아빠가 말하는데 다른 녀석 편을 들다니 제정신인 게냐?"

"편이라니요. 흥! 유치하게 왜 그래요?"

"닥쳐라! 그러고 보니 너희들 무슨 사이야? 수상하군."

그러자 롤란드가 잠시 머뭇거리는 듯했지만 이내 결연한 눈빛을 번뜩였다. 그는 이때가 기회라는 생각에 불쑥 외쳤다.

"라우벤 님, 실은 제가 비니안을 좋아합니다. 결혼을 허락해 주십시오."

순간 라우벤의 두 눈이 커졌다. 그러다 그는 이내 살벌하기 그지없는 눈빛으로 롤란드를 노려보며 말했다.

"네놈! 지금 뭐라 했느냐? 다시 한번 말해 보겠느냐?"

라우벤의 험악한 눈빛에 롤란드는 심장이 철렁 내려앉는 듯했다. 예전 같았으면 아마 오줌을 지리면서 기절해 버렸을 만큼 소름 끼치는 상황이었다.

그러나 롤란드는 라우벤과 비할 수 없는 살벌한 눈빛의 소유자인 샤크의 수행원 노릇을 하면서 심신이 단련된 터였다. 그러다 보니 의외로 담담하게 라우벤의 눈빛을 받아 냈다.

"비니안을 좋아한다고 말했습니다."

그러자 라우벤이 의외라는 듯 두 눈에 이채를 발했다.

"호오! 약골 녀석 주제에 제법 간이 부어 있는 게로구나. 어쨌든 소용없으니 헛꿈 깨라! 너 따위 녀석이 감히 내 딸을 차지할 수 있을 것이라 생각하느냐?"

"제가 아직은 많이 부족합니다만……."

"부족한 걸 안다면 입 닥치고 꺼지도록."

"하지만 비니안이 허락한다고 했습니다."

"뭣이! 정말이냐, 비니안?"

라우벤이 깜짝 놀라 비니안을 돌아보았다. 그는 자신의 딸 비니안이 결코 이따위 약골 녀석의 구애를 받아들였을 리가 없다고 확신했다. 비니안은 어깨를 으쓱하며 대답했다.

"조건부 허락은 했죠."

"조건부?"

"롤란드 오빠가 아빠만큼 강해지면 청혼을 받아들이기로 했어요."

그러자 라우벤은 잠시 어이가 없다는 듯 멍한 표정을 짓더니 이내 큰소리로 웃었다.

"크하하하하!"

그러다 그는 갑자기 웃음을 뚝 그치고는 롤란드를 노려봤다.

"네 이놈! 정말로 나만큼 강해질 자신이 있기는 한 거냐?"

"물론입니다."

롤란드는 주먹을 꽉 쥔 채 대답했다. 라우벤은 코웃음 쳤다. 그의 두 눈에서 섬뜩한 광망이 일었다.

"개꿈을 꾸는구나."

"개꿈인지 아닌지는 후일 아시게 될 것입니다."

라우벤의 소름 끼치는 안광이 폭사해 왔지만 롤란드는 이를 악물고 버텼다. 그런 그의 모습을 비니안은 기이한 미소를 지으며 지켜봤다. 라우벤은 힐끗 그런 비니안의 눈빛을 확인하고는 피식 웃었다.

'하긴, 이제 저 녀석도 다 컸지.'

그는 비니안도 롤란드를 은근히 마음에 들어 하고 있음을 눈치챘다. 그가 비록 딸바보 아빠이긴 하지만 평생 딸을 껴안고 살 생각은 없었다. 언제고 비니안에게 어울릴 만한 자격이 있는 상대가 나타나면 결혼을 시키겠다는 생각을 하고 있었으니까.

그가 정한 자격은 단순하면서도 까다로웠다. 첫째, 마음이 순수할 것. 둘째, 용기가 있을 것. 이 두 가지만 충족되면 그 녀석이 귀족이건 아니건 그따위는 상관하지 않았다.

마음은 순수하되, 용기가 있어야 한다. 좀 더 강력하게 말하면 패기가 있어야 그 어떤 상황에서도 비니안을 지켜 줄 수 있을 것이다.

어쭙잖은 검술 실력을 갖춘 채 기고만장하며 마음이 순수하지 못한 녀석보다는, 검술 실력은 조금 부족해도 마음이 순수한 것이 백 배 낫다. 검술 실력 따위야 얼마든지 가르쳐서 높여 줄 수 있으니까. 검을 쥐고 적을 벨 용기와 패기만 있다면 검술을 전혀 배우지 않은 녀석이라 해도 상관없었다.

그런 관점에서 본다면 오마다 영지의 영주인 롤란드는 본래 자격 미달이었다. 마음이야 제법 순수한 편이긴 하지만 그에겐 용기가 없었기 때문이다. 그는 귀족이라는 이유로 온실의 화초처럼 길러져 부하들 뒤에 숨어 있던 비겁한 청년이었다.

그런데 롤란드가 변했다. 마치 비니안이 철든 것처럼 롤란드는 강한 용기를 지닌 청년으로 변모했다. 그러나 일순간의 객기가 아닌 제법 쓸 만한 용기를 갖추었는지는 아직 의문이었다. 라우벤은 잠시 롤란드를 노려보다 다시 한번 험악한 인상을 썼다.

"마지막으로 경고한다. 네놈이 지금이라도 비니안을 포기한다고 말하면 살려준다. 그러나 계속 분수를 모르고 쓸데없는 욕심을 품는다면 이 자리에서 죽여 버리겠다."

그러자 롤란드는 오히려 씩 웃으며 대답했다.

"이 자리에서 죽어야 한다면 어쩔 수 없겠지요. 하지만 저를 죽이면 후회하실 것입니다."

"후회? 내가 네깟 녀석을 죽여 놓고 무슨 후회를 한다는 말이냐?"

"이후로 저만큼 비니안을 잘 지켜 주고 사랑해 줄 만한 남자는 없을 것이기 때문입니다."

순간 라우벤의 두 눈썹이 꿈틀했다. 그는 롤란드의 방금 전 대답이 매우 마음에 들었지만 짐짓 더욱 험악해 보이는 표정을 지었다.

"크흐! 그래서 결론적으로 죽어도 좋다 이 말 아니냐?"

"물론 죽어도 좋은 것은 아닙니다. 세상에 죽는 것을 좋아하는 사람이 어디 있겠습니까?"

"그러니까 살고 싶으면 비니안을 포기하면 된다."

"그럴 수는 없습니다."

"빌어먹을 놈! 정말 죽어도 포기 못 한다는 거냐?"

"예, 죽어도 포기 못 합니다."

라우벤의 험악하기 그지없는 기세에도 불구하고 끝까지 비니안을 포기하지 않겠다고 당당히 말하는 롤란드의 모습에 모두들 감탄했다. 비니안 역시 마음이 두근거렸다.

네 용기를 증명해 봐라! 15

'멋져! 롤란드 오빠가 날 저렇게 생각하고 있다니.'

죽음의 위협 앞에서도 그녀를 포기하지 않겠다는 롤란드의 굳건한 의지를 보는 순간 비니안의 마음은 감동으로 물들었다. 그것은 라우벤 역시 마찬가지였다.

'허허! 로드께서 쓸 만한 녀석을 선물로 주셨군.'

그는 새삼 샤크의 능력에 감탄했다. 평범하고 유약하기 그지없는 청년을 이토록 멋지게 바꾸어 놓다니. 사람이 변하기란 쉽지 않은데 기적과 같은 일이 벌어진 것이었다.

곧바로 라우벤은 롤란드를 노려보며 외쳤다.

"어디 그러면 네가 장담한 만큼 강한 용기가 있는지 증명해 봐라."

"증명이라시면?"

롤란드의 가슴이 두근거렸다. 드디어 인정받을 기회가 온 것인가? 라우벤이 말했다.

"네가 리자드맨 천 마리의 목을 벤다면 일단 죽이지 않고 지켜봐 줄 생각은 있다."

"하핫! 천 마리라. 알겠습니다."

아무리 최근 강해졌다지만 리자드맨 천 마리의 목을 벤다는 건 쉬운 일이 아닐 것이다. 그러나 롤란드는 망설이지 않고 리자드맨들을 향해 돌진했다.

"사악한 몬스터 놈들! 내 검을 받아랏!"

그러자 그의 뒤를 기사 찰스가 따라갔다.

"영주님, 저도 있으니 염려 마십시오."

"롤란드 오빠, 나도 도울게요."

"나도 있어, 오빠."

비니안과 에마도 마법 캐스팅을 하며 외쳤다. 그러자 옆에 있던 엘프 파멜라와 타티니아도 활을 번쩍 쳐들며 외쳤다.

"힘내요, 오마다 백작님."

"저희들도 돕겠어요."

리자드맨들과 롤란드 일행의 격전이 시작되자 라우벤 역시 다시 대검을 휘두르며 전장으로 돌진했다. 그렇게 오래도록 먼터 왕국의 골칫거리였던 남부 습지의 무법자들인 리자드맨들이 역사 속에서 사라지는 순간이었다.

그 장면을 샤크는 멀리서 담담히 지켜봤다. 특히 그는 일행의 선두에서 전신에 피 칠갑을 한 채 정신없이 검을 휘두르는 롤란드를 잠시 노려보다 시선을 돌렸다.

'뭐 대충 기본은 갖춰진 것 같군.'

롤란드는 이제 기사들의 뒤에 숨어서 싸움을 회피하는 비겁한 영주는 되지 않을 것이다. 따라서 샤크는 더 이상 롤란드의 삶에 간섭하지 않기로 했다.

"가자."

"예, 로드."

샤크가 걸음을 옮기자 흑발의 여 마족 루델이 공손히 그의 뒤를 따랐다. 그녀는 샤크가 어디로 가는지 궁금했지만 묻지 않았다. 공연히 물어봤다가 뭔가 꼬투리를 잡혀 맞을 것 같아서였다. 사실 샤크가 고작 그런 이유로 때릴 만큼 막돼먹은 로드는 아니었지만, 한번 제대로 혼이 나자 왠지 소심해진 루델이었다.

한편 그때 정신없이 리자드맨들을 베어 넘기던 라우벤이 돌연 빠르게 달려와 샤크의 앞을 막아섰다.

"로드! 그놈은 어떻게?"

"죽었다."

그 말에 라우벤은 일순 멍해졌다. 그 엄청난 놈이 죽었다니! 물론 그랬을 것이라 예상은 했지만, 너무 당연하다는 듯한 샤크의 대꾸에 일순 할 말을 잊었던 것이다.

"대체 그놈의 정체는 뭐였습니까?"

순간 샤크는 잠시 고심했다. 본래는 그것의 정체를 드래곤 정도였다고 말하려 했지만 그랜드 마스터인 라우벤에게까지 굳이 숨길 필요는 없으리라.

"너만 알고 있어라. 놈은 마왕이었지."

"예. 역시 그렇……아니, 방금 뭐라 하셨습니까? 마, 마왕이라고요?"

"그래."

그 말에 라우벤뿐 아니라 샤크의 옆에 있던 마족 루델도 경악하는 표정을 지었다.

"그게 정말이에요?"

루델이 물었다. 그러자 샤크는 인상을 찌푸렸다.

"왜 너희들은 같은 말을 두 번 반복하게 만드는 거냐? 내 말이 믿기지 않는다면 믿어지도록 만들어 줄 수 있다."

"앗, 아니에요. 믿어요. 믿는다고요."

"맞아요. 저도 확실히 믿습니다."

루델과 라우벤은 움찔 놀라 황급히 대답했다. 둘 중 하나는 마족이며 다른 하나는 인간이지만 그들은 이 순간 서로 통했다. 둘 다 샤크의 부하인 만큼 방금 전 그 말이 얼마나 끔찍한 의미를 내포하고 있는지 알 수 있었기 때문이었다.

믿기 힘들다면 믿어지도록 만들어 주겠다는 그 말! 그것은 믿을 때까지 두들겨 패겠다는 말이 아니겠는가. 따라서 그들은 샤크가 마왕을 죽였다는 말이 도무지 믿기지 않았지만 그래도 믿는다고 말할 수밖에 없었다.

'말도 안 돼! 설마 정말로 마왕을 죽였을까?'

네 용기를 증명해 봐라! 19

'마왕을 죽이다니. 그게 과연 가능한 일이란 말인가?'

루델과 라우벤은 내심 말도 안 되는 소리라고 생각하면서도 샤크의 말을 절대적으로 믿는다는 듯, 최대한 충직해 보이는 표정을 지었다. 샤크는 여전히 못마땅한 표정으로 그들을 노려봤다.

"그렇게 억지로들 믿으려 할 건 없다. 너희들이 믿건 안 믿건 그렇다고 진실이 바뀌지는 않지. 어쨌든 나는 이만 가 볼 테니 너도 그만 가서 보던 일이나 보도록 해라."

"어디를 가시는데요?"

"여기서는 볼일이 끝났으니 이제 다른 곳을 가 볼까 한다."

샤크가 말한 다른 곳이란, 클라우드 대륙이 아닌 곳을 의미한다. 어쩌다 보니 클라우드 대륙에서 몇 년을 지내게 되었지만, 그는 이제 더 이상 이곳 대륙에 남아 있을 이유가 없었다.

보통의 마왕들이 클라우드 대륙과 같은 세계를 발견했다면 당연히 자신의 권역으로 복속시켜 버렸겠지만, 샤크는 그러한 것에는 전혀 관심이 없었다.

그는 앞으로도 환야의 광활한 세계를 여행이나 하면서 돌아다닐 생각이었다. 간혹 도저히 못 봐 줄 만큼 협의에 역행

하는 일을 하는 녀석들을 발견하면 적당히 손을 좀 봐주면서 말이다.

샤크의 그런 의도를 모르는 라우벤은 머리를 긁적이며 물었다.

"혹시 어디로 가시는지 여쭤도 되겠습니까?"

"글쎄! 나도 내가 어디로 갈지 모른다. 확실한 건 아주 멀리 간다는 것이지."

모호한 말에 라우벤은 고개를 갸웃했다.

"다시 돌아오실 생각이십니까?"

"그럴 수도 있고 아닐 수도 있다. 그게 뭐 중요하느냐?"

"제겐 매우 중요합니다. 왠지 이대로 가시면 두 번 다시 로드를 뵙지 못할 것 같은 생각이 들어서 말입니다."

"인연이 된다면 나를 또 볼 수 있을 것이고, 아니면 어쩔 수 없는 것이겠지. 네가 비록 나의 부하라지만 나는 너의 행동을 구속할 생각 없으니 염려 마라. 너는 그냥 네가 살고 싶은 대로 살면 된다."

"저도 로드를 따라가고 싶습니다만."

"원한다면 그렇게 해도 된다."

샤크는 흔쾌히 고개를 끄덕였다. 라우벤은 의외로 쉽게 허락을 받자 안색이 환해졌다. 그러나 이내 머리를 긁적이며 조심스레 말했다.

"실은 염치없지만 어려운 부탁이 있습니다."

"머뭇거리지 말고 말해 봐라."

"제가 로드를 따라 떠나기 전, 저 녀석들을 결혼시키고 싶습니다. 그때까지만 기다려 주실 수 있는지요. 대략 서너 달 정도면 충분할 듯싶군요."

라우벤은 멀리서 리자드맨들과 정신없이 전투를 벌이고 있는 롤란드와 비니안을 가리키며 말했다. 샤크는 이내 라우벤의 의도를 파악하고는 씩 웃으며 고개를 끄덕였다.

"물론이다. 그게 무슨 어려운 부탁인가?"

"로드의 시간을 빼앗아 죄송합니다."

"내가 떠나는 건 사실 그다지 급한 일이 아니니 너는 신경 쓰지 말고 여유 있게 저 녀석들의 혼사를 잘 치러 주도록 해라."

샤크는 더 이상 클라우드 대륙에 볼일이 없다는 생각에 떠나려 했을 뿐이었다. 그러나 지금과 같은 사정이 생긴다면 얼마든지 기다려 줄 수 있다. 설령 서너 달이 아니라 삼사 년이라도 말이다. 심지어 삼사십 년이라 해도 수만 년 이상을 살아갈 마왕에게 그 정도는 아주 잠깐에 불과하지 않겠는가.

'내친김에 이곳 먼터 왕국을 한번 돌아볼까?'

그러고도 시간이 남으면 헬레이스 제국을 가 보는 것도 나쁘지 않으리라. 샤크는 아공간을 열고 금화가 가득 들어 있는 상자 하나를 꺼내 라우벤 앞에 내놓았다. 라우벤의 두 눈이 커졌다.

"이게 뭡니까?"

"뭐긴. 축의금이지."

반짝이는 금화가 가득한 상자! 언뜻 봐도 수천 골드는 됨 직했다. 가히 웬만한 영지의 1년 예산은 됨직한 엄청난 거액을 축의금이라며 내밀 줄이야.

"이, 이렇게 많이는 필요 없습니다만."

"내 성의를 무시하는군."

샤크의 두 눈이 가늘어짐과 동시에 차갑게 번뜩였다. 순간 라우벤이 흠칫 놀라더니 잽싸게 웃으며 대답했다.

"그럴 리가 있겠습니까? 감사히 받겠습니다."

"그래야지."

샤크는 그제야 표정을 풀었다. 그는 돌아서며 말했다.

"그럼 나는 한동안 클라우드 대륙을 두루 여행하다 쉬드 성으로 찾아가도록 하겠다."

"예, 로드."

"그나저나 저대로 두면 저 녀석들 다 죽겠는걸. 어서 가 보는 게 좋을 것 같군."

샤크가 손가락을 들어 가리키는 곳을 본 라우벤의 안색이 급변했다. 그가 잠시 전장을 비운 사이 롤란드와 비니안 등은 성난 리자드맨들에게 포위되어 죽기 일보 직전이었다. 그러고 보니 롤란드 등만으로 당해 내기에 아직 남아 있는 리자드맨들의 숫자가 너무 많았다.

"으득! 저놈들이 감히! 제가 빨리 가 봐야겠습니다, 로드."

라우벤은 허리를 숙여 인사를 마친 후 바람처럼 전장으로 달려갔다. 그의 대검이 돌풍처럼 회전하는 순간 비니안 등을 포위했던 리자드맨들이 무더기로 날아갔다. 전세가 금세 다시 역전되는 순간이었다.

"우리도 이만 가자."

"예, 로드."

잠시 그 모습을 지켜보던 샤크는 이내 한 줄기 바람이 되어 어디론가 사라졌다. 그의 옆에 있던 루델도 마찬가지였다.

* * *

먼터 왕국 남부 게르크 영지.

이곳 자그만 영지도 이번 리자드맨들의 침입으로 인해 적지 않은 피해를 본 지역이었다. 영지에 속한 대부분의 마을들이 파괴되었고 심지어 영주인 누칸 자작이 거하던 테틴 성도 부서져 버렸다 했다.

그래도 붉은 숲의 검사인 라우벤에 의해 리자드맨들이 토벌되었다는 소문이 돌자 영지를 떠났던 이들이 하나둘 돌아오기 시작했지만, 아직 이곳은 안전한 땅이 아니었다. 곳곳에 리자드맨 패잔병들이 남아 있었기 때문이었다.

"끄긱!"

"끄기긱!"

단창을 든 십여 마리의 리자드맨들이 나타나자 누군가 다급히 외쳤다.

"저기 리자드맨들입니다!"

"앗, 아직도 저놈들이 남아 있었군."

"몇 놈 안 되니 당황하지 마라. 펠 경, 어서 놈들을 처리하시오."

"예, 영주 님."

누칸 자작의 명에 60대의 노 기사 펠이 30여 명의 병사들과 달려갔다. 그는 전투경험이 적지 않은 터라 노련하게 병사들을 지휘해 리자드맨 10여 마리를 쓰러뜨렸지만, 그 와중에 병사 하나가 복부에 단창이 박히는 중상을 입고 말았다.

"토니!"

"으, 으윽! 저는 이제 틀렸어요……."

복부에 치명상을 입은 병사 토니의 나이는 10대 중반쯤 되어 보였다. 어린 소년이지만 꽤나 용맹하고 힘이 강해 펠이 눈여겨보는 병사였는데, 지금 상세를 보아하니 매우 심각했다. 단순한 응급치료만으로는 살 가망성이 없었다.

'안타깝구나. 포션만 있다면 살 수 있을 터인데…….'

펠은 영주 누칸 자작에게 꽤 효능이 좋은 포션이 한 병 있음을 알고 있었다. 그러나 그가 고작 말단 병사인 토니에게 그 귀한 포션을 사용할 리가 없다는 것도 잘 알았다.

사실 그것은 누칸 자작뿐 아니라 다른 어떤 귀족이든 마찬가지일 것이다. 포션의 가치는 효능에 따라 천차만별이지만 대개는 무척 비싸다. 포션 한 병만 팔면 웬만한 사람은 평생 돈 걱정 안 하고 살 수 있을 정도니까.

따라서 그런 귀하고 비싼 것을 말단 병사에게 사용할 만큼 배포가 큰 귀족은 거의 없다고 봐야 했다. 펠과 같은 기사가 다쳤다면 모를까, 토니와 같은 하급 병사들은 이 경우 그냥 버려두고 가는 것이 일반적이었다.

그렇게 남겨진 병사는 과다출혈로 인해 죽거나, 운 좋게 살아난다 해도 짐승이나 몬스터의 먹잇감이 되어 죽을 수밖에 없는 운명이었다. 그렇게 죽을 것이 뻔하니 차라리 고통을 줄여 주기 위해 일찍이 죽여 버리는 경우도 흔했다. 펠은 혀를 찼다.

"잠깐만 기다려 봐라."

그래도 펠은 부탁이라도 한번 해 보기로 했다. 곧바로 그는 누칸 자작에게 가서 포션을 쓸 수 있느냐고 물었다. 40대 후반의 영주인 누칸은 싸늘히 안색을 굳히더니 고개를 흔들었다.

"그대도 알겠지만 지금 나는 매우 궁핍하기 이를 데 없다. 이 폐허가 된 영지를 복구하려면 작은 구리돈 한 푼도 아쉬운 형편이란 말이야. 이러한 상황에 귀하기 이를 데 없는 포션을 저따위 무식한 하급 병사 나부랭이의 입에 처넣자는 건가?"

"토니는 비록 하급 병사이지만 영주님을 위해 목숨도 아끼지 않고 싸울 만큼 용맹합니다. 머리도 무식하지 않고 무척 영특하지요. 구해 주시면 장차 영주님께 큰 힘이 될 용맹한 병사로 성장할 것입니다. 부디 자비를 베풀어 주십시오."

그러자 누칸은 스스로 자신의 머리카락을 쥐어뜯으며 외쳤다.

"펠 경, 그대는 나의 사정을 뻔히 알면서도 어찌 그따위 소리로 나의 마음을 아프게 하는 건가? 정녕 내가 죽는 꼴을 보고 싶은가?"

펠은 힘없이 고개를 숙였다.

"아닙니다. 제가 어찌 영주 님의 마음을 아프게 하겠습니까? 심려를 끼쳐드려 죄송합니다."

그는 누칸 자작이 포션을 사용할 의사가 전혀 없음을 깨닫고는 한숨을 푹 내쉬며 토니가 있는 곳으로 돌아왔다.

"미안하구나, 토니."

창백한 안색의 토니는 복부의 고통을 참아 내며 애써 미소 지었다.

"헤, 헤헷…… 저는 괜찮아요. 병사로서 전장에서 죽음을 맞이하는 게 당연한 일이죠."

토니는 이제 자신에게 어떤 일이 벌어질지 알았다. 펠은 토니를 이대로 두고 가든지, 아니면 죽이고 가든지 할 것이다. 그중 어느 쪽이든 죽음을 면하기 힘들었다.

다른 병사들이었다면 울고불고 매달리겠지만 토니는 달

랐다. 이미 숱하게 목격한 죽음들이었다. 언젠가 자신에게도 죽음이 찾아올 것이라 예상했기에 그것을 담담히 받아들일 수 있었다.

펠은 그런 토니의 의연한 모습을 보고 감탄을 금치 못했다. 그리고 그만큼 안타깝기 그지없었다.

'정말 죽기엔 아까운 녀석이야.'

하지만 어쩌겠는가. 로드인 영주가 사실상 토니에게 죽음을 명한 것이나 마찬가지이니, 기사인 펠은 그의 명령에 따를 수밖에 없는 상황인 것이다. 본래라면 토니의 목숨을 거두고 가는 것이 마땅하겠지만, 펠은 왠지 그러고 싶지 않았다.

툭.

그는 토니의 앞에 마른 치즈 한 덩어리를 던졌다. 그 옆으로 토니의 동료 병사 중 하나가 수통에 신선한 물을 가득 담아 내려놓았다.

"토니, 너는 용감한 병사였다. 운이 좋아 살아남는다면……."

그럴 가능성이 없다는 것을 알고 있기에 펠은 거기서 말을 마치고 돌아섰다. 누칸 자작이 매우 불편하기 그지없다는 표정으로 그를 노려보고 있었다. 그는 서둘러 전열을 정비했다.

 폐허가 된 게르크 영지의 복구는 당분간 불가능했다. 막대한 자금이 소요될 텐데 누칸 자작의 말대로 현재 영지에는 인력도 자금도 거의 남아 있지 않았기 때문이었다.

 따라서 누칸은 왕도인 파렌스로 간다 했다. 그곳에서 게르크 영지의 복구에 관심을 보이는 부유한 귀족이나 상인들을 만나 협상을 해 본다는 것이다.

 잠시 후 누칸 일행은 북쪽으로 사라졌다. 도처에 리자드맨들의 흉한 사체들이 널브러져 있는 사이로 복부에 단창을 꽂은 한 소년 병사가 신음을 흘리며 남아 있을 뿐.

 '헤! 드디어 죽나 보네. 눈을 감고 다시 눈을 뜨면 나는 다른 곳에 있겠지?'

 그동안 사는 게 너무 힘들다 보니 차라리 죽음이 반갑기도 했다. 토니는 눈을 꽉 감았다. 그사이 날이 어두워지고 있었다. 그의 죽음을 반기기라도 하듯이.

Chapter 2

꿈인가? 현실인가?

사방 어디를 봐도 오직 어둠뿐이었다.

터벅. 터벅.

토니는 무거운 발을 질질 끌며 힘겹게 걷고 있었다. 그의 복부에는 리자드맨의 단창이 깊이 박혀 있었는데, 그로부터 피가 줄줄 흘러나왔다.

고통스러웠다. 기왕 죽을 거면 빨리 죽을 것이지 왜 죽지 않는 것일까? 그보다 이곳은 대체 어디일까?

'내가 지금 어디로 가고 있는 거지?'

토니는 문득 의문이 들었지만 그렇다 해서 걸음을 멈추

지는 않았다. 그는 힘겹게 계속 걸었다. 그러다 그는 자신의 양손에 각각 마른 치즈 한 덩이와 수통이 들려 있음을 발견했다.

마지막으로 허기나 채우라고 펠이 던져준 치즈, 그리고 물이 가득 담긴 수통을 발견한 순간 토니는 바닥에 조심스레 주저앉았다.

설마 이 와중에 식사를 하려는 건가? 그렇다. 어차피 지금 상태로는 소화도 시키지 못하겠지만 치즈를 보자 왠지 배가 무척 고팠다. 또한 목도 말랐다.

'흐! 에라 모르겠다. 먹고 보는 거야.'

그런데 바로 그 순간 그의 앞쪽에 웬 두 명의 사람이 나타났다. 한 명은 훤칠한 체격의 청년이었고, 다른 한 명은 머리에 후드를 눌러쓴 여인이었는데, 둘은 매우 지쳐 보였다. 그래도 토니는 이곳에서 다른 사람을 만나자 왠지 반가워서 그들을 물끄러미 쳐다봤다.

그러자 그중 청년이 토니에게 힐끗, 시선을 주더니 말했다.

"이봐, 나는 지금 무척 배가 고픈데 혹시 그 치즈를 좀 나눠 줄 수 있겠나?"

토니가 들고 있는 치즈 덩이는 그리 크지 않았다. 그저 토니가 한 끼 식사나 간신히 때울 수 있을 정도였다. 토니는 순간 망설였지만 이내 씩 웃으며 치즈를 통째로 청년에게 건넸다.

"그러고 보니 이 치즈는 나보다 당신들에게 더 필요하겠군요."

청년은 치즈를 받아 들더니 놀란 표정으로 물었다.

"어째서 그렇게 생각하는 거지? 넌 배고프지 않느냐?"

"그건 별로 중요하지 않아요. 어차피 난 먹어도 죽겠지만 당신들은 이것을 먹으면 죽지 않고 힘이 날 거예요."

토니는 힘없이 웃으며 수통까지 청년에게 건넸다. 그러자 청년이 고개를 끄덕이더니 말했다.

"고맙군."

그 말과 함께 청년은 치즈를 반으로 잘라 한 조각을 그의 입안에, 다른 한 조각은 후드 여인의 입안으로 밀어 넣었다. 그들은 입안에 들어간 치즈를 맛있게 씹기 시작했다.

냠냠! 쩝쩝!

곧바로 수통의 물도 그들의 입안으로 콸콸 쏟아지더니 모두 사라졌다.

꺼윽!

잠시 후 청년은 포만감이 가득한 표정으로 트림을 했다.

그러다 힐끗 토니를 노려보며 말했다.

"네 덕분에 허기와 갈증을 면했구나."

"다행이네요, 하하."

토니는 머리를 긁적였다. 샤크가 인상을 살짝 찌푸리며 물었다.

"네가 먹을 것을 우리가 다 먹었는데 정말로 후회가 들지 않느냐?"

"후회는요. 죽을 사람은 죽어도 살 사람은 살아야죠. 저는 곧 죽을 테니 신경 쓰지 말아요."

토니는 자신의 복부를 가리키며 힘없이 웃었다. 그러자 청년이 다가오더니 다짜고짜 단창을 뽑아버렸다.

"치즈와 물을 얻어먹었으니 그 값은 치러 줘야겠지."

추악!

"으아아악!"

토니는 고통에 비명을 질렀다. 그는 그대로 의식을 잃었다.

샤르릉! 샤르브룽!

짹짹짹—!

온갖 새들이 시끄럽게 지저귀는 소리에 토니는 눈을 떴

다. 햇살이 눈 부셔 인상을 찡그리며 두 손으로 눈을 비비던 그는 문득 깜짝 놀랐다.

"이럴 수가! 상처가 사라졌어!"

그는 복부에 단창이 박혀 있던 터였다. 그것을 뽑는 순간 출혈이 더욱 심해져 즉사할 수도 있는 터라 그대로 놔뒀는데 지금 보니 복부에서 단창이 사라진 상태였다. 그뿐 아니라 복부는 상처 하나 없이 깨끗했다.

리자드맨들이 던진 단창에 맞아 꼼짝없이 죽는 줄 알았다. 그런데 복부에는 상처 자국 하나 없으니 이게 대체 어찌 된 일인지 혼란스러웠다.

"이상해. 내가 꿈을 꾸었던 것일까?"

꿈이 아니고서야 어떻게 이런 일이 벌어질 수 있을까? 토니는 자신이 지금 꿈속에 있다 생각했다. 그리고 비록 꿈속에서나마 몸이 건강한 상태로 돌아왔으니 다행이란 생각에 기분이 유쾌해졌다.

그런데 잠시 일어나 주변을 돌아보던 그는 이내 다시 혼란스러운 표정을 짓고 말았다. 바닥에 무참하게 죽어 있는 리자드맨들의 사체들.

그뿐인가? 심지어 그의 옷은 피로 범벅이 되어 있었다. 모두 그가 흘렸던 피였다. 이 모든 것은 그가 극심한 부상을 당했음을 증명했다. 동시에 이곳이 꿈이 아닌 현실이라는 것도.

"이게 대체 어떻게 된 거야?"

토니는 자신의 상처가 애초부터 없었던 것이 아니라 누군가 상처를 치료해 줬다는 것을 깨달았다. 아주 귀한 포션을 상처에 바르게 되면 이런 놀라운 치료 효능을 보일 수도 있다는 말을 듣긴 했다. 설마 누군가 그에게 포션을 사용해 주었다는 말인가?

'누가 나를 도와줬을까?'

토니는 혹시나 싶어 주위를 한참 두리번거렸지만 아무도 보이지 않았다. 그러다 문득 어렴풋이 지난밤의 꿈이 생각났다.

웬 캄캄한 공간 속에서 만났던 청년. 그는 토니가 치즈와 물을 준 값을 치르겠다며 다짜고짜 단창을 뽑아냈다.

'그러고 보니.'

토니는 펠이 놓고 간 치즈 덩어리가 보이지 않는 것을 확인했다. 수통도 마찬가지였다.

'그 일이야말로 진정한 꿈이라 여겼는데, 꿈이 아닌 현실이었나?'

토니는 더더욱 혼란스러웠다. 그때 어디선가 무뚝뚝한

음성이 들려왔다.

"이봐, 나는 지금 먼터 왕국의 왕도인 파렌스라는 곳으로 가려 한다. 혹시 네가 그곳까지 길잡이를 해 줄 수 있느냐?"

토니는 깜짝 놀랐다. 낯설면서도 왠지 아주 낯설지 않은 음성. 분명 어디선가 한번 들어 본 적 있는 음성 같았다. 고개를 돌려보니 훤칠한 체격의 청년이 그를 노려보고 있었다. 그의 뒤로는 검은 후드를 눌러쓴 여인이 보였다.

'저자들은?'

토니의 두 눈이 커졌다. 비로소 그는 조금 전의 그 음성이 낯익었던 사실을 알 수 있었다. 다름 아니라 지난밤 꿈에 들었던 괴청년의 음성과 동일했던 것이었다.

'혹시 그러면?'

그러다 문득 뭔가 짚이는 것이 있어서 물었다.

"혹시 당신이 저를 치료해 주셨나요?"

"그게 뭐 잘못됐나?"

"아! 역시 당신이었군요."

토니는 청년의 말로부터 그가 자신을 치료했다는 사실을 확신하고는 넙죽 엎드려 절했다.

"정말 고맙습니다."

"고마워할 것 없다. 나는 네가 준 치즈와 물에 대한 대가를 치렀을 뿐이지."

청년은 마치 아무런 일도 아니라는 듯 손을 흔들며 말했다. 토니는 눈물을 글썽였다.

"그깟 치즈 한 덩이와 물 한 병으로 저의 목숨을 살려 주시다니요……. 당신은 저의 생명의 은인이니 이제부터 저는 당신의 종이 되어 평생 은혜를 갚겠습니다."

"나의 종이 되겠다? 네게는 이미 로드가 있지 않으냐?"

청년은 물론 샤크였다. 그의 말에 토니는 고개를 흔들었다.

"본래는 있었지만 그는 저를 버렸어요. 저는 이미 죽었어야 할 몸인데 당신 덕분에 살아났으니 마땅히 당신의 종이 되어야 합니다."

"왜 꼭 종이 되려 하느냐? 그냥 남에게 구속되지 말고 자유롭게 살 수도 있을 텐데 말이야."

"……!"

그 말에 토니의 안색이 살짝 굳어졌다. 종이 되지 말고 자유롭게 살라는 샤크의 말을 듣자 이상하게 가슴이 뛰었기 때문이었다.

그러나 토니는 태어나서 지금껏 누군가의 종이었지, 단

한 번도 자유로웠던 적이 없었다. 그는 게르크 영지에서 태어났다. 그의 부친은 영주인 누칸 자작을 위해 목숨을 바쳐야 하는 병사였고, 실제로 그는 10여 년 전 리자드맨들과의 전쟁에서 전사했다.

이후로 토니 역시 선친과 같이 누칸 자작의 병사가 되어야 했다. 그는 영노와 같은 신세였기에 그것을 거부할 수는 없는 일이었다. 그러다 결국 선친과 같은 신세로 차디찬 주검이 될 운명에 처해 졌는데, 기적적으로 살아난 것이었다.

그런 그가 어찌 자유롭게 산다는 것을 꿈꿀 수 있겠는가. 그런데 샤크로부터 그러한 말을 듣자 가슴에서 뭔가 울컥하고 끓어오르는 것이 있었다.

하지만 토니는 샤크를 향해 다시 엎드리며 말했다.

"다시 말씀드리지만 저는 이미 죽은 목숨이었어요. 저를 살려주셨으니 저의 목숨은 당신 것입니다. 그러니 당신의 종이 되도록 하겠어요."

"네가 그리 원한다면 그렇게 하도록 해라. 하지만 하나는 염두에 두어야 한다."

"그게 무엇인데요?"

"나는 배신을 싫어한다. 네가 일단 나를 로드로 부르기로 한 이상 나를 배신할 생각은 꿈도 꾸지 않는 것이 좋을 것이다."

그러자 토니는 씩 웃었다.

"지금껏 누군가 저를 배신한 적은 있어도 제가 배신한 적은 없어요. 로드! 당신께 죽음으로써 충성을 바치겠어요."

샤크는 그런 토니를 보며 두 눈에 이채를 발했다.

"누군가 너를 배신했다? 너의 영주가 너를 버린 것을 말하는 거냐?"

"예. 하지만 그것 말고도 많아요. 어렸을 적에는 엄마가 절 버리고 사라졌죠. 얼마 전에는 절친했던 친구 녀석이 제가 모은 전 재산을 가지고 도망간 적도 있었고요."

샤크의 두 눈이 가늘어졌다.

"흠. 그들이 원망스럽지 않았느냐?"

"물론 당시에는 원망스러웠죠. 지금은 잊었어요. 그런 걸 마음에 두고 있으면 괴롭거든요. 이미 지나 버린 일일 뿐인데요, 뭐. 그들이 오죽했으면 그랬을까 생각도 들어요."

그 말에 샤크는 실소를 금치 못했다.

'이미 지나 버린 일일 뿐이라? 어린 녀석이 어떤 면에서는 나보다 낫군.'

샤크는 지난 생의 모든 것이 허무하다 여기면서도 여전히 배신에 대해서는 날카로운 반응을 보였다. 그것은 앞으로도 마찬가지일 것이다. 그런데 아직 무척이나 어린 토니가 그에 대해 초연한 마음을 가지고 있으니 특이하지 않을 수 없었다.

'어쨌든 제법 쓸 만한 녀석이야.'

샤크는 토니가 마음에 들었다. 롤란드나 비니안의 경우에는 샤크가 무식한 방법을 동원해서 사람을 만들었지만, 토니의 경우는 그럴 필요 없이 그 스스로 사람이 되어 있었다.

이미 샤크는 환상을 통해 토니를 시험해 보았다. 짐짓 허기에 지친 나그네처럼 연기하며 토니에게 먹을 것을 구걸했는데, 놀랍게도 토니는 선뜻 샤크에게 그의 마지막 식량을 내주었던 것이다.

하층민으로 태어나 남에게 배신을 당하고 부림을 당하면서 살았으면서도 이토록 마음이 따뜻하고 곧을 수 있다니. 대부분 이런 경우에는 오히려 악에 받쳐 세상을 원망하는 것이 일반적일 텐데 말이다.

'마음에 협의가 가득한 녀석이야. 무림의 명문정파에서 태어났으면 능히 대협사가 되고도 남았을 것이다.'

그때 토니가 벌떡 일어나더니 씩씩하게 말했다.

"그럼 이제 파렌스로 가는 길을 안내하겠어요, 로드."

"길을 잘 알고 있느냐?"

"모르죠. 한 번도 가본 적이 없거든요. 하지만 어떤 식으로든 알아낼 수 있으니 염려 마세요. 왕도 파렌스는 유명한 곳이다 보니 행인들 중에 그곳을 아는 자들이 꽤 많지 않겠어요?"

"그건 그렇지. 그럼 너를 믿고 따라가도록 하마. 앞장서거라."

"그전에 잠깐만요. 혹시 또 리자드맨들이 나타날 수도 있으니 무기를 좀 더 챙겨야겠어요."

토니는 주위를 두리번거리다 리자드맨들의 단창 두 자루를 주워 어깨에 둘러멨다. 그는 허리춤에 투박해 보이는 숏소드를 차고 있었는데, 그것만으로는 안심할 수 없었던 모양이었다.

토니는 10대 중반의 소년이지만 체격도 건장했고 움직임도 민첩했다.

"후후, 그럼 저를 따라오세요."

토니는 두 자루의 단창 이외에 손도끼 세 자루를 더 주워 허리춤에 빗겨 차고는 힘차게 외쳤다. 샤크는 마치 산보하

듯 한가롭게 토니의 뒤를 따라갔고 루델은 시종 말없이 걸음을 옮겼다.

그렇게 한동안 걸었을까?

대략 정오가 되었을 무렵, 토니는 호수 앞에 이르렀다. 그는 호수를 보자마자 옷을 벗더니 뛰어들어 능숙한 솜씨로 통통한 물고기 세 마리를 잡아 왔다.

타닥. 화르르르.

토니는 불 피우는 솜씨도 무척 뛰어났고, 생선도 먹기 좋게 구울 줄 알았다. 또한 매우 부지런했다. 맛좋은 식용 열매나 버섯을 발견하면 미리 채취했다가 샤크에게 간식거리로 제공하기도 했다.

사실 샤크는 인간이 아닌 마왕이기에 굳이 자주 식사를 하지 않아도 상관없었다. 심지어 하루가 아니라 몇 만 년을 먹지 않아도 체내에 무극지기만 남아 있다면 절대 죽지 않는다. 물론 전투로 인해 소모된 체력을 빠르게 보충하는 데는 음식 섭취가 상당한 도움이 되는 것은 맞지만, 그것은 다른 마왕들도 마찬가지이리라. 그들 역시 체내에 마기만 존재하면 죽지 않는다. 그럼에도 불구하고 마왕들이 대부분 탐식가인 이유는 그저 식도락의 특별한 즐거움을 느끼기 위함이었다.

따라서 지난번 샤크가 롤란드 등에게 하루에 세 끼 이상 식사를 꼬박꼬박 챙기게 했던 이유는 철없는 녀석들에 대한 정신 교육의 일환이었다. 토니의 경우는 굳이 그런 일을 할 필요가 없는데, 그 스스로 그것을 즐기고 있으니 굳이 말릴 이유는 없었다.

그렇게 대략 20여 일의 시간이 흘렀을까?

샤크 일행은 먼터 왕국의 중부, 오마다 영지의 북동부에 위치한 산드리아 영지에 도착했다. 이곳 영지는 리자드맨들에 의해 거의 피해를 입지 않았다.

산드리아 영지의 중심이라 할 수 있는 다론 성은 내성의 규모만 아니라 외성의 규모도 매우 컸는데, 거대한 외벽으로 둘러싸인 외성 내부에 무려 수만의 인구가 살고 있는 도시가 형성되어 있었다.

도시 다론.

이곳은 먼터 왕국의 북부와 남부의 물자가 모이는 교역의 중심지이기도 했다. 그만큼 커다란 시장이 존재했고 상인들과 여행객들로 북적거렸다.

물론 최근에는 리자드맨들의 침략으로 위기를 느낀 상인들과 시민들이 대거 북쪽으로 피난을 가는 난리가 벌어지긴 했지만, 다행히 라우벤에 의해 리자드맨들이 궤멸함에 따라 대부분의 피난민들이 도시로 복귀한 터였다.

"잠깐, 멈추시오."

"신분 패를 보여 주시오."

다론의 남쪽 관문에 도착하자 경비 무사들이 샤크 일행을 가로막았다. 이는 도시로 출입하는 이들의 신원을 파악하는 절차로 신분 패가 없으면 출입이 쉽지 않았다.

그러나 그렇게 그들의 앞을 가로막았던 경비 무사들은 이내 샤크 등에게 매우 정중한 표정으로 허리를 숙이며 외쳤다.

"오셨습니까? 어서 들어가십시오."

"그래. 수고들 하도록."

샤크는 당연하다는 듯 고개를 끄덕이며 들어갔다. 그가 별다른 신경을 쓰지 않아도 그의 부관이자 시종인 최상급 마족 루델이 알아서 현혹마법을 펼친 것이었다.

그녀의 현혹마법은 경비무사들뿐 아니라 인근에 있는 다른 사람들까지 모두 포함하여 펼쳐지는 광역 마법인 터라 샤크 등이 아무런 검색 없이 들어가도 누구 하나 수상하게 여기지 않았다.

심지어 토니 역시 자신이 아무런 검색도 없이 다론 성에 들어가고 있다는 사실을 이상하게 여기지 않았다. 루델이 펼친 현혹 마법의 효력 반경에 토니도 들어 있으니 그것은 당연했다.

그보다 먼터 왕국 남부, 자그만 영지의 촌놈이었던 토니는 다론 성의 웅장한 규모와 번화한 도시를 보며 입이 쩍 벌어져 있었다.

"와아! 사람이 정말 많군요. 이렇게 사람이 많은 도시는 처음 봐요. 하하하."

토니는 길거리에서 잡다한 물건들을 파는 노점 상인들과, 예쁘고 늘씬한 여성들이 돌아다니는 모습에 두 눈이 휘둥그레져 있었다.

'히야! 예쁘다. 여긴 무슨 예쁜 여자들이 이렇게 많은 거야?'

그러나 토니를 보는 여자들의 반응은 싸늘했다. 토니의 외모는 평범했고 의상도 촌스러웠을 뿐 아니라, 심지어 여기저기 터지고 뜯어져 있기도 했던 터라 말 그대로 거지보다 약간 나은 정도였던 것이다. 세상에 어떤 여자가 그런 토니에게 관심을 두겠는가?

그래도 토니는 너살 좋게 웃으며 거리를 두리번거리더니 배낭에 잔뜩 챙겨 뒀던 귀한 물건들을 노점 상인들에게 팔기 시작했다. 그것들은 오는 도중 사냥을 통해 채취한 새의

깃털이나 늑대 가죽과 같은 것들이었다. 그것으로 대략 10실버 정도의 돈을 번 토니는 샤크에게 다가와 공손히 말했다.

"로드, 저쪽에 있는 여관으로 모실게요."

"여관이라. 꽤 비쌀 텐데 괜찮겠느냐?"

아공간에 적지 않은 재물을 가지고 있는 샤크였지만 짐짓 난처한 표정을 지어 보였다. 토니는 10실버를 들어 보이며 힘차게 외쳤다.

"물론이에요. 이 정도면 충분해요."

"좋아. 덕분에 오늘 밤은 편하게 잠을 잘 수 있겠구나."

샤크는 고개를 끄덕이며 토니를 따라 화려해 보이는 여관으로 들어갔다. 그 사이 토니는 잽싸게 여관 주인과 실랑이를 벌여, 전망 좋은 객실 하나를 8실버에 빌리는 데 성공했다.

객실은 큰 침실 하나와 작은 침실 하나, 그리고 작은 거실로 구성되어 있었는데, 큰 침실에서는 샤크가, 작은 침실에서는 루델이, 거실에서는 토니가 잠을 잤다.

이튿날 새벽.

토니는 일찌감치 잠에서 깨어났다. 왠지 힘이 펄펄 났다.

'좋은 곳에서 잠을 편히 자서 그런지 온몸이 상쾌한걸.'

기지개를 켜던 그는 날이 밝기 전 시장에서 간단한 일거리라도 구해, 조금이나마 돈을 벌고 싶은 생각에 재빨리 신발을 신었다. 그러고는 최대한 발걸음 소리를 죽인 채 밖으로 나갔다.

'로드께서 깨지 않도록 조용히 나가야 해.'

하지만 토니가 밖으로 나가는 것을 샤크가 모를 리 없었다. 그는 지난밤 그저 눈을 감고 휴식을 취하고 있었을 뿐 실제로 잠들지는 않았기 때문이다. 그것은 마족 루델 역시 마찬가지였다.

밤새 곯아떨어져 있던 것은 토니 하나뿐이었다. 그리고 그 사이 토니는 자신에게 무슨 일이 벌어졌는지 전혀 알지 못했다. 샤크가 밤사이 특별한 추궁과혈을 통해 그의 기혈들을 타통시켰다는 사실을 말이다.

이는 롤란드나 비니안 등에게 했었던 과격한 방식과는 전혀 달랐다. 사실 기혈을 타통시키는 방법은 수백 가지도 넘고, 그중에서 아픔 없이 뚫는 방법만 수십 가지였다. 롤란드 등은 정신력 강화를 위해 그중 아픈 방법을 샤크가 일부러 선택했지만, 토니에게는 그럴 필요를 느끼지 못했다.

'매가 필요한 녀석이 있고 상이 필요한 녀석이 있지.'

사람마다 그에 맞는 다른 방식을 적용하는 것이 백룡용

하술의 기본이라 할 수 있다. 토니에게는 굳이 매가 필요 없었다. 오히려 샤크는 토니가 이곳 세계에서 마음껏 날 수 있도록 날개를 달아 줄 생각이었다.

'토니 같은 녀석이 영주가 되면 영지를 아주 잘 통치할 것이다.'

토니를 귀족으로, 그것도 영주로 만드는 것쯤은 샤크에게 매우 쉬운 일이었다. 그가 사실 왕도 파렌스로 가는 이유는 먼터 왕국의 국왕을 손보려는 목적 때문이었으니까.

국왕을 손본다?

인간들에게는 경악할 만한 일이지만 마왕의 관점에서 보면 아무것도 아니었다. 사실 왕국의 국왕이 아니라 거대 제국의 황제를 손본다 해도 마왕의 입장에서는 아주 당연한 일인 것이다.

다른 마왕들이라면 취미 자체가 인간들을 괴롭히고 인간들을 몰살하는 것이니 당연한 일이겠지만, 그들과 전혀 다른 취향(?)을 가진 샤크가 왜 굳이 먼터 왕국의 국왕을 손보려는 것일까?

그 이유는 샤크가 오마다 영지의 영주인 롤란드를 손보았던 이유와 비슷했다. 리자드맨들로 인해 나라가 황폐해졌는데 그에 대한 국왕의 대처가 못마땅했기 때문이었다.

'어떤 팔푼이 같은 놈이 왕 자리를 꿰차고 있는지 모르겠지만, 나라가 이 모양 이 꼴인 걸 보면 혼이 좀 나야 정신을 차리겠지.'

물론 어떤 사정이 있는지 모르니 무작정 가서 난리를 치지는 않을 것이다. 일단 국왕의 생각을 알아보되, 확실히 시원찮으면 정신 교육을 시켜서라도 국왕다운 국왕으로 만들 생각이었다.

사실, 샤크는 굳이 이런 번거로운 일까지 하고 싶은 생각은 없었다. 먼터 왕국이 어떻게 돌아가든 그가 상관할 바는 아니었기 때문이다.

그러나 서너 달만 기다려 달라는 라우벤의 부탁을 받고 딱히 다른 할 일이 없는 터라, 그 일을 실행하기로 결심했다. 그리고 보면 라우벤의 부탁으로 인해 먼터 왕국의 왕궁에는 때아닌 재앙의 폭풍이 몰아치게 된 것이라 볼 수 있었다.

물론 아직은 누구도 그런 사실을 모른다. 하늘은 평온했고, 그 어디에도 폭풍의 전조는 보이지 않았으니까.

그러나 재앙은 언제나 고양이처럼 살금살금 다가오기에, 그것이 막상 눈앞에 모습을 드러내기 전까지는 그런 것이 오리라고 상상도 못하는 경우가 대부분이다.

먼터 왕국의 국왕인 페무르 4세! 그는 아마 상상조차 못 하고 있으리라. 자신에게 지금 어떤 일이 기다리고 있는지를. 그의 왕궁을 향해 한 발짝 한 발짝 다가가고 있는 존재가 누구인지를.

Chapter 3
소년 영주

토니는 날이 환해지자 여관으로 돌아왔다. 온통 땀범벅이 되어 있는 모습을 보니 꽤나 험한 일을 새벽 내내 한 모양이었다.

 그런데 평소와 달리 토니의 안색은 침통하기 그지없었다. 새벽부터 힘든 일을 했기 때문인 것일까? 그럴 리는 없었다. 그는 복부에 단창이 박혀 죽기 직전에도 지금과 같이 침통한 표정은 짓지 않았기 때문이다.

 "무슨 일이 있었느냐, 토니?"

 샤크가 묻자 토니는 힘없이 고개를 끄덕이며 대답했다.

"도시에 이상한 소문이 돌고 있어서요."

"이상한 소문?"

"예, 정말 말도 안 되는 소문이에요. 세상에 붉은 숲의 검사인 라우벤 님이 리자드맨들과 결탁해서 먼터 왕국을 망하게 하려 했다고 하지 뭐예요?"

그 말에 샤크는 어이가 없었지만 짐짓 아무렇지도 않은 듯 대꾸했다.

"글쎄다. 그 소문이 사실일지 어찌 아느냐?"

그러자 토니는 샤크를 보며 고개를 세차게 흔들었다.

"로드! 절대 그럴 리가 없어요. 라우벤 님은 절대 그럴 분이 아니거든요."

"어떻게 네가 그걸 확신하지?"

"그분이 리자드맨들과 싸우는 장면을 본 적 있어요. 당시 그분은 혼자서 수천 마리도 넘는 리자드맨들을 향해 돌진해 리자드맨 장수의 목을 단번에 베어 버렸죠. 그분이 커다란 검을 휘두를 때마다 리자드맨들이 수십 마리씩 반쪽이 되어서 날아갔다고요."

"정말로 그랬다면 그가 리자드맨들과 결탁했을 리는 없겠구나."

"그렇죠. 그분은 리자드맨들에겐 공포의 대상이며, 먼터 왕국의 영웅이라고요. 그런 위대한 영웅을 사악한 역적으로 몰아가는데 제가 어찌 화가 나지 않을 수 있겠어요?"

토니는 눈물까지 글썽이며 말했다. 샤크는 피식 웃고는 루델을 향해 나직이 말했다.

"가서 누가 그런 헛소문을 냈는지 알아봐라, 루델."

"예, 로드."

루델은 허리를 공손히 숙임과 동시에 그 자리에서 사라졌다. 그 모습을 본 토니의 두 눈이 휘둥그레졌다.

"우와! 루델 님은 마법사였나요?"

"뭐 마법사라 볼 수도 있겠지."

"그럴 수가!"

눈앞에서 사람이 환영으로 변해 흩어져 버리자 토니의 놀라움은 이루 말할 수 없었다.

'세상에! 그녀가 마법사였다니.'

그동안 토니에게 루델은 매우 접근하기 어려운 존재였다. 간혹 눈빛이 마주칠 때 그녀로부터 온몸에 소름이 끼칠 정도로 섬뜩한 느낌을 받았기 때문이었다.

그러나 그렇다 해도 토니는 루델이 마법사라는 생각을 해 본 적은 없었다. 그저 성격이 매우 차가운 여자라고만 생각했을 뿐이다. 무엇보다 그동안 그녀가 마법을 펼친 적이 단 한 번도 없었으니까.

스슷.

루델은 사라진 지 한 시간도 안 되어 다시 나타났다. 설마 그 사이 소문의 발원지를 알아낸 것일까?

"로드, 다녀왔어요."

"알아보았느냐?"

"예, 대놓고 소문을 내며 돌아다니는 녀석이 눈에 띄어 그놈부터 단계적으로 추적해 보았더니, 최종적으로 전혀 의외의 인물이 사주를 내렸더군요. 이곳 다론 성의 성주인 콘쿠르 후작이었어요."

"……!"

콘쿠르 후작은 산드리아 영지의 영주이기도 하다. 그런 그가 무엇 때문에 라우벤을 모함하는 것일까? 샤크는 얼핏 무엇 때문인지 짐작이 가긴 했다. 귀족들, 특히 상급 귀족들 중에서 라우벤을 매우 싫어하는 이들이 적지 않다고 들었기 때문이었다.

'라우벤이 알면 펄펄 날뛰겠군.'

그의 성격상 콘쿠르 후작이 자신을 모함한 사실을 알게 되면 당장 달려와 이곳 다론 성을 초토화시켜 버릴지도 모를 일이었다. 그런데 그때 루델이 의미심장한 미소를 지으며 말했다.

"그래서 저는 콘쿠르 후작이 무엇 때문에 라우벤을 모함하려 했는지 그 이유를 다시 알아보았죠. 우후훗, 이거 아주 의외의 인물이 그의 배후에 있더군요."

"콘쿠르 후작의 배후에 누가 있더냐?"

"먼터 왕국의 국왕 페무르 4세였어요."

순간 샤크의 입가에 싸늘한 미소가 피어올랐다.

"그렇다면 결국 국왕이 사주했다는 말이군."

"최면을 통해 콘쿠르 후작의 마음을 들여다본 바에 의하면 틀림없어요. 그는 얼마 전 왕궁에 가서 국왕을 알현했고, 그곳에서 모종의 지시를 받았죠. 당시 콘쿠르 후작뿐 아니라 상급 귀족 몇 명이 비슷한 지시를 받았어요."

"국왕 녀석이 무엇 때문에 그따위 짓을 벌였다 생각하느냐?"

국왕도 아니고 국왕 녀석이라니! 다른 이의 입에서 그런 말이 나왔다면 경악할 만한 일이지만, 이상하게 토니는 샤크의 입에서 그 말이 나오자 왠지 자연스러워 보였다. 당연하게 느껴질 정도로 말이다. 동시에 혼란스럽기도 했다. 대체 샤크의 정체는 무엇일까.

그때 루델의 흑안이 번쩍였다. 그녀의 입가에 음침한 미소가 맺혔다.

"우후훗, 그야 아주 뻔한 일이죠. 정황을 볼 때 페무르 4세는 라우벤이 영웅으로 취급되는 걸 매우 싫어하고 있어요. 다른 귀족들도 마찬가지고요. 왕국의 남부를 초토화시킨 리자드맨들을 라우벤이 나서서 궤멸시켰다는 사실은, 그만큼 국왕과 귀족들이 무능하다는 것을 드러내는 일 아니겠어요?"

루델은 최상급 마족답게 몇 가지 드러난 정황만 가지고도 어떤 일이 벌어지고 있는지 정확하게 분석했다. 사실 예전에는 인간들을 조종하며 배후에서 온갖 음모를 꾸미기도 했던 만큼, 이런 것을 추측하는 건 그녀에게 장난과도 같이 우스운 일이었다. 루델은 말을 이었다.

"따라서 페무르 4세는 라우벤을 모함해 그를 사람들이 경계하도록 만드는 데 목적이 있어요. 그의 힘으로 라우벤을 어쩌지는 못하니 그런 식으로 라우벤의 위명을 깎아내려야 국왕으로서의 위신을 세울 수 있다는 계산인 것이죠. 다른 귀족들도 마찬가지고요."

"한심한 녀석들 같으니."

"호호! 어딜 가나 마찬가지인 걸요. 권력자들은 권력을 지키기 위해서 수단과 방법을 가리지 않으니, 새삼스러울 것은 없어요."

"그렇다면 그냥 두고 볼 수는 없겠군."

샤크의 두 눈에서 섬뜩한 광망이 번뜩였다. 순간 루델은 흠칫 놀라 재빨리 웃음을 그치고 고개를 숙였다. 그러나 그녀는 속으로 웃으며 생각했다.

'오호홋! 페무르 4세! 하필이면 로드의 부하를 모함하다니. 이제 너는 끝난 거야. 나라면 왕이고 뭐고 다 때려치우고 당장 도망갈 텐데. 쯧!'

그녀의 생각은 틀리지 않았다. 샤크는 이 일을 알게 된 이상 페무르 4세를 가만 놔둘 생각이 없었다.

그렇지 않아도 리자드맨들에 의해 왕국이 폐허가 되는 것을 방치하고 있는 국왕 페무르 4세의 무능함에 분노했었지 않았던가? 그런데 그가 그저 국왕의 자리를 유지하기 위해 뒤에서 구린 수작을 부리고 있을 줄이야.

'그냥 약간 정신을 못 차리는 정도였다면 적당히 정신교육만 시키려 했건만.'

롤란드의 경우는 그저 철이 없고 유약했을 뿐이지 마음이 이처럼 파렴치하지는 않았다. 그러나 페무르 4세가 하는 작태는 샤크가 봐줄 수 있는 범주를 넘어섰다.

여차하면 폐위까지도 생각 중이었다. 그리고 적당한 다

른 녀석을 찾아 왕으로 앉혀 버리면 그만이다.

폐위라!

이는 전생에서 그가 아무리 성격이 괴팍한 광협이었다 해도 함부로 할 수 없는 일이었다. 황제나 왕이 못마땅하다고 그들을 폐위시키는 것은 일종의 반역이라 할 수 있기 때문이다.

그러나 지금의 그는 인간이 아닌 마왕이다. 엄밀히 말하면 소마왕이지만. 어쨌든 그가 인간의 법도 따위에 무슨 거칠 것이 있으랴.

다시 말해 마왕이 협의를 행함에 있어서는 상대가 왕이건 황제건 아무런 거칠 것이 되지 못한다는 뜻이다. 물론 마왕이 협의를 행한다는 것 자체가 좀 우습긴 하지만 말이다.

'그 전에 콘쿠르 후작이라는 놈부터 손을 봐주는 게 순서겠지.'

샤크는 본래 다론 성의 콘쿠르 후작을 손보겠다는 계획이 전혀 없었다. 그를 이곳 다론 성으로 이끈 것은 부하이자 길잡이인 토니였으니까.

만일 토니가 새벽 시장에 나갔다가 사람들이 라우벤에 대해 웅성대는 소문을 듣지 않았다면, 아니 애초부터 토니가 샤크를 이곳 다른 성으로 이끌지 않았다면 콘쿠르 후작은 지금처럼 별 탈 없이 영주 노릇을 해 나갔을 것이다. 그러고 보면 재앙은 간혹 이렇게 우연처럼 찾아오는 것인지도.

"루델, 콘쿠르 후작의 지난 행적을 모조리 알아내라."

"그냥 비리만 털면 되죠?"

"비리뿐 아니라 남모르게 착한 일을 한 것이 있다면 그것도 알아내라. 정상참작이라도 해 볼 수 있을 테니 말이야."

"예, 로드."

착한 일이건 비리건 남의 행적을 모조리 알아낸다는 건 쉬운 일이 아니다. 하물며 산드리아 영지의 영주인 막강한 권력자 콘쿠르 후작의 행적을 파악하는 것이 어찌 쉬운 일이겠는가? 그러나 최상급 마족인 루델에게 그런 일쯤은 손바닥 뒤집는 것보다 쉬운 일이었다.

콘쿠르 후작은 상당히 운이 좋은 편이었다. 애초부터 상급 귀족의 장자로 태어난 그는 일찌감치 산드리아 영지의 후임 영주로 내정되었다. 선친이 죽자마자 곧바로 그에게 후작 작위가 계승되었고 그는 방대한 영지를 통치하는 영주로서 지금껏 떵떵거리며 살아왔다.

그가 운이 좋다 말할 수 있는 이유는 이렇게 나면서부터 금수저를 물고 태어난 것도 있지만, 이후로 먼터 왕국에 엄습했던 숱한 재앙들로부터 항상 무사했기 때문이었다.

대표적으로 지난 10여 년 사이 무려 두 번이나 있었던 리자드맨들의 침공에서 그의 영지는 별다른 피해를 입지 않았다.

그것은 그의 영지에 강력한 영지군이 존재해서라기보다는 말 그대로 철저히 운이 좋아서였다. 공교롭게도 리자드맨들에 의해 먼터 왕국의 중남부가 거의 폐허가 된 후 산드리아 영지로 리자드맨들이 막 몰려올 때쯤, 항상 라우벤이 등장해 리자드맨들을 궤멸시켰기 때문이었다.

이제 폐허가 된 중남부 영지의 영주들이 그에게 도움을 요청할 것이고, 그는 그들의 영지를 복구하는 데 도움을 주는 대가로 막대한 이익을 취하게 될 것이니 앞으로 그의 영지는 더욱 번창하게 될 것이다.

사실 콘쿠르 후작에게 있어서 라우벤은 은인이나 다름없었다. 그런데도 그는 고마운 마음을 가지기는커녕 오히려 라우벤을 모함하는 데 앞장섰다. 국왕의 밀명도 있긴 했지만, 그 또한 라우벤이라는 불한당 같은 녀석이 왕국의 영웅이라 칭함 받는 게 못마땅했기 때문이었다.

'흥! 그깟 검사 나부랭이 따위가 무슨 영웅이랍시고 설치고 있다는 말인가? 내 밑에도 그만한 검사들은 넘치도록 많다. 모두 헛소문일 뿐이지. 소문이란 본래 과장되기 마련이다.'

콘쿠르 후작은 막대한 재력을 가진 만큼 휘하에 꽤 많은 무사들을 거느리고 있었다. 그중에서 그가 가장 많은 돈을 들여 애지중지하고 있는 이들은 다크 로즈 기사단이었다.

도합 50인의 기사로 구성된 다크 로즈 기사단은 하나같이 마나를 자유자재로 다룰 수 있을 뿐 아니라, 검신에 오러까지 깃들이는 것도 가능한 이들이 적지 않았다.

번쩍이는 흑색의 플레이트 아머에 그려진 마법진은 웬만한 중급 마법 정도는 정면으로 맞아도 튕겨 버릴 수 있었고, 무거운 중갑주를 가볍게 해 주는 경량화 마법까지 깃들어 있었다.

뛰어난 검술 실력뿐 아니라 뛰어난 무구까지 갖춘 다크 로즈 기사단은 왕궁의 근위 기사단을 제외하면 먼터 왕국에서 가히 세 손가락 안에 드는 강력한 전투력을 보유하고 있다 자부할 정도였다.

그것뿐인가? 다론 성에는 무려 1천이나 되는 강력한 창

기병 부대를 비롯해, 무려 5천에 가까운 정예 병력이 상주하고 있었다. 여기에 민병대까지 동원하면 1만이 넘는 수비군이 다론 성을 지키게 될 것이니, 웬만한 공격에는 끄떡도 하지 않을 것이다.

그런 만큼 콘쿠르 후작으로서는 사실 라우벤이 굳이 나서지 않았어도 자신이 얼마든지 리자드맨들의 진군을 막아낼 수 있었으리라 자신하는 면도 있었다. 물론 영지에 약간의 피해는 입겠지만, 적어도 이처럼 막강한 병력을 가진 다론 성이 무너질 것이란 생각은 해본 적이 없었다.

이와 같은 이유로 그는 매우 호화롭게 살았으며 몰락한 귀족들을 가신으로 삼았고, 그중 눈에 들어오는 예쁜 여자들이 있으면 모조리 첩으로 삼았다. 그러다 보니 그의 첩은 수십 명이 넘었다.

애초부터 남을 배려할 줄 모르는 성격이다 보니 첩으로 들였다 해도 싫증 나면 버렸고, 마음에 들지 않으면 죽이거나 노예, 그것도 매음굴로 팔아 버리기도 했다. 이렇게 자신과 살을 섞은 이들에게도 잔혹하기 짝이 없는 그가 다른 이들에게는 오죽하겠는가?

콘쿠르 후작은 자신의 부와 권력을 유지하기 위해서는 수단과 방법을 가리지 않았고, 그에 대해서 그 어떤 가책도 느끼지 않았다. 막강한 군대를 유지하기 위해 소요되는 군자금은 세금을 올려서 충당했고, 그것 말고도 그는 닥치는 대로 영지민들을 착취했다.

또한 다론은 다른 어떤 곳보다 노예 매매가 성한 곳이기도 했다. 콘쿠르 후작은 신원이 확실하지 않는 여행자들이나 방랑자들은 무조건 잡아들여 노예로 만들었고, 그들을 다론에 방문하는 부유한 상인이나 귀족들에게 팔아넘기는 노예 매매를 통해서도 막대한 부를 챙기고 있었다.

심지어 살인청부업과 매춘, 고리대금업 등으로 다론의 뒷골목을 장악하고 있는 암흑가의 조직조차 콘쿠르 후작의 손아귀 아래 있었다. 사실상 다론의 빛과 어둠을 모두 지배하며 자신의 치부와 향락을 누리는 데 온 관심을 쏟고 있는 이, 그가 바로 콘쿠르 후작이었다.

"여기까지가 제가 조사한 것들입니다. 안타깝지만 특별히 정상참작이 될 만한 착한 일들은 찾아볼 수 없었죠."

"흠, 수고했다."

루델은 불과 두 시간도 안 되어 콘쿠르 후작의 출생부터 시작해 지금까지 어떻게 살아왔는지를 낱낱이 조사했다. 놀라운 능력이긴 했지만, 명색이 최상급 마족인데 그 정도도 하지 못하면 샤크의 부관이자 시종 자격이 없을 것이다.

어쨌든 샤크로서는 완벽한 인간 말종을 하나 보는 느낌이었다. 그는 콘쿠르 후작의 온갖 파렴치한 행적을 듣는 동안 끓어오르는 분노를 금치 못했다.

"콘쿠르 후작! 너는 대체 무엇을 위해서 그토록 치부를 하는 것이냐? 수많은 이들의 눈에서 피눈물이 나게 만들어 놓고 혼자 잘 먹고 잘살겠다니. 어디 그 많은 재물들이 네놈의 생명을 지켜 주는지 두고 보마. 아니 그 전에 네놈은 네놈이 가진 모든 것들이 물거품처럼 사라지는 것을 보게 될 것이다."

샤크의 두 눈에서 섬뜩한 광망이 번쩍이는 순간 루델의 몸이 떨렸다. 토니 역시 마찬가지. 그는 대체 뭐가 어떻게 돌아가는지 몰라 한쪽에서 멍하니 눈만 끔뻑거리고 서 있었다.

레드 문.

이는 도시 다론뿐 아니라 먼터 왕국을 통틀어 세 손가락 안에 드는 거대한 도박장으로, 거의 모든 종류의 도박이 이루어지고 있었다. 누구든 행운만 있으면 하룻밤에 거액의 돈을 거머쥘 수 있다는 생각에 레드 문은 항상 투기꾼들로 가득했다.

부유한 상인이 하룻밤에 알거지가 될 수도 있으며, 가난한 여행자가 하룻밤 사이 거부가 될 수 있다는 곳, 이곳이 바로 레드 문이었다.

놀랍게도 이 레드 문의 실제 주인은 다름 아닌 다론 성의 성주 콘쿠르 후작이었다. 도박장은 그의 사업 중 노예 매매와 더불어 무척이나 짭짤한 수입을 가져다주었기에 그로서는 결코 포기할 수 없는 사업이었다.

그런데 오늘 이변이 벌어졌다.

난데없이 등장한 뜨내기 청년에게 도박장의 딜러들이 전부 항복을 선언했기 때문이었다. 청년은 주사위와 카드를 비롯해 레드 문에 존재하는 모든 종목으로 승부를 벌였고 모조리 승리했다. 그것도 압도적으로.

뭔가 심상치 않다 여겼을 때는 이미 엄청난 사건이 벌어진 후였다. 청년은 무려 1만 골드도 넘는 거액을 챙겼다.

그런데 그것은 그저 시작일 뿐이었다. 청년은 그 이튿날도 레드 문에 찾아와 비슷한 금액을 땄다. 그리고 또 그 이튿날도. 그리고 바로 그날, 레드 문은 망했다.

그렇게 다론에서 콘쿠르 후작에게 가장 많은 수입을 가져다주던 도박장이 사라졌지만, 그는 그것에 신경 쓸 겨를이 없었다.

도박장에 괴청년이 나타나 판돈을 쓸어 갈 때부터 그의 주변에 이상한 일들이 계속 벌어졌다. 갑자기 도적이 들어 그의 비밀 금고를 털어간 것도 모자라, 성의 군량 창고까지 모조리 쓸어버린 것이었다.

그뿐인가? 오늘은 인신매매를 위해 잡아 두었던 노예들이 갑자기 모두 탈출했고, 성에서는 폭동이 일어났다.

물론 노예야 다시 잡아들이면 되고 폭동 따위야 진압하면 된다. 그에게는 강력한 정예 병사들이 있고, 특히 먼터 왕국 3대 기사단 중 하나인 다크 로즈 기사단이 있으니까.

그러나 그때 실로 황당한 일이 벌어졌으니.

한낱 무지렁이들에 불과한 노예들의 폭동을 다크 로즈 기사단이 진압하지 못했다. 오히려 기사 대부분이 극심한 부상을 입고 패퇴했고, 그들은 위기에 처하자 콘쿠르 후작의 안위 따위는 신경도 안 쓰고 어디론가 달아나 버렸다.

군량이 사라져 보급이 원활하지 못하자 성의 병사들도 콘쿠르 후작의 지시에 따르지 않았다. 심지어 폭동군에 합류해 성에 불을 지르는 병사들도 부지기수였다. 상황이 위태해지자 그의 첩들과 자식들도 모두 그를 버리고 달아났다.

'이럴 수가! 이, 이게 대체 무슨 일인가?'

콩쿠르 후작은 꿈을 꾸는 것 같았다. 불과 며칠 사이에 그는 거의 모든 것을 잃어버렸다. 그러나 지금 잃어버린 것들을 아까워하고 있을 때가 아니었다. 이대로 있다간 폭동군에게 그의 생명까지 잃을 판이었으니까.

그는 철저히 혼자였다. 기사들과 병사들은커녕 시녀 하나도 그의 곁에 없었다.

'크으! 일단 여기를 벗어나야겠구나.'

그는 다급히 비밀통로를 통해 성을 빠져나갔다. 만일을 위해 만들어 둔 비밀통로였는데, 이런 식으로 사용하게 될 줄이야. 그것도 빈털터리 신세로 말이다.

'왕도로 가야 한다.'

그는 국왕 페무르 4세에게 가서 지원을 요청할 생각이었다.

'으득! 두고 보자, 폭동군 놈들! 이후에 돌아와서 주동자들부터 모조리 모가지를 잘라 줄 테니 각오해라.'

그렇게 이를 갈며 북쪽으로 향하는 그의 앞을 일단의 무리들이 가로막았다.

"오랜만이군요, 콩쿠르 후작 각하!"

"오호홋! 우리가 얼마나 이날을 기다렸는지 아시나요?"

한기가 펄펄 날리는 눈빛으로 그를 쏘아보고 있는 이들.

소년 영주 73

그들은 다름 아닌 콘쿠르가 버린 처와 첩들이었다.

한때는 가족이었던 이들. 그러나 그들에게 콘쿠르는 가족이 아닌 원수와 같은 존재였다. 그에게 실컷 이용만 당하다가 노예와 창녀로 팔려가야 했던 그녀들의 눈에는 살기가 가득했다.

"당신 때문에 매음굴에서 지옥 같은 세월을 보냈어, 이 악귀 같은 자!"

"죽엇! 이 악마야!"

콘쿠르는 기가 막혔다. 대체 그녀들이 어떻게 이 자리에 있는 것일까?

"큭! 이년들이 미쳤구나. 죽고 싶지 않으면 당장 비켜라."

뜻하지 않은 장소에서 예전에 버린 여자들을 만났지만 그렇다 해도 그에게는 가소롭기만 했다. 그녀들은 그가 가볍게 검만 휘두르면 손쉽게 해치울 수 있는 무력한 존재들이었으니까.

'제길! 이 벌레 같은 것들이 감히! 모조리 죽여 버리겠다.'

그러던 그의 안색이 딱딱하게 굳어졌다.

'으윽! 모, 몸을 움직일 수가 없다. 이게 어찌 된 일인

가?'

 그는 마치 몸이 석화되어 굳어진 듯 꼼짝도 할 수가 없었다. 그런 그의 목으로 가슴으로, 그의 전신으로 날카로운 칼들이 사정없이 파고들었다.

 푹! 푸욱!
 푹푹푹—!
 "크아아! 으아아아악!"
 콘쿠르 후작은 전신이 난자당해 비참하게 죽었다. 거대한 위용을 자랑하던 다론 성의 성주이자 산드리아 영지의 영주인 콘쿠르 후작과 그의 가문은 이렇게 역사 속으로 사라져 버렸다.

 그런데 기이한 일은 그렇게 난리가 벌어졌던 다론 성은 콘쿠르 후작이 죽고 나자 급속도로 안정되기 시작했다는 것. 마치 폭동이 언제 벌어졌나 싶을 정도로 성은 조용했다. 달아났던 병사들뿐 아니라 기사들도 상당수가 복귀한 터였다.

 다론 성의 신임 성주이자 산드리아 영지의 새로운 영주. 그는 물론 샤크였다.

 "들어라! 콘쿠르 후작은 그가 지은 죄의 대가를 받아 비참하게 죽었다. 이제부터 이곳은 나 샤크의 영토다. 그리고 나는 이 영지를 나의 믿음직스럽고 충성스러운 부하인 토니에게 맡길 것이다. 이후로 토니에게 불충하는 자는 곧 나에게 불충한 것과 같은 벌을 받게 되리라."

"충!"

소년 영주의 탄생이었다! 실로 충격적인 일이었지만 기사들과 병사들은 아무런 이의를 제기하지 않았다. 그들은 이미 루델에게 철저히 정신 교육을 받은 터라 샤크의 말은 곧 법 그 자체였다. 그러나 정작 토니는 깜짝 놀라지 않을 수 없었다.

"로드, 어찌 저를……!"

"왜, 자신이 없느냐?"

"저는 귀족이 아닌 천민으로 태어났고, 감히 영주가 되겠다는 꿈도 품어 본 적이 없어요. 아마 그 자리에 앉았다가는 하루도 못 버티고 죽을걸요."

"천만에! 네가 나의 부하가 되었을 때부터 너는 천민이 아니라 최상위 귀족의 신분이 된 것이나 마찬가지다. 이제 먼터 왕국의 국왕뿐 아니라 헬레이스 제국의 황제라 해도 네게 함부로 하지 못할 것이다."

샤크의 말은 나직했지만 선명하게 울려 퍼졌다. 모두들 경악을 금치 못했다. 대체 그가 누구이기에 먼터 왕국의 국왕은 물론 제국의 황제까지 안중에 두지 않는다는 말인가? 그 누가 들어도 터무니없고 어이없는 말이 아닐 수 없었다.

그러나 오체투지의 자세로 엎드려 있는 기사들과 병사들은 왠지 샤크의 말이 사실일 것이란 이상한 확신이 들었다. 루델의 정신 교육 때문도 있지만, 그만큼 샤크는 그들에게 있어 감히 범접할 수 없는 가공할 위압을 풍기고 있었다.

한편 토니의 가슴은 세차게 요동쳤다. 무엇보다 방금 전 샤크가 한 말이 그의 영혼을 뒤흔들었다.

네가 나의 부하가 되었을 때부터 너는 천민이 아니라 최상위 귀족의 신분이 된 것이나 마찬가지다.

더 이상 천민이 아니고 최상위 귀족이라는 말! 이상하게도 그 말이 결코 터무니없이 들리지 않았다. 하급 병사의 자식으로 태어나 서러움 받고 자라던 지난날들이 마치 꿈처럼 느껴졌다. 샤크의 말이 사실이라면 지금 그는 먼터 왕국뿐 아니라 헬레이스 대륙에서 가장 고귀한 신분 중 하나가 된 것이었다.

눈물을 흘리며 가슴 벅차하고 있는 토니를 향해 샤크가 씩 웃으며 말했다.

"토니! 이곳에서 네가 하고 싶은 일은 무엇이든 해도 좋다. 마음속에서 협의를 저버리지 않는다면 너는 장차 아주 멋진 영주가 될 것이다."

"명심하겠어요, 로드."

토니는 협의가 무엇인지 잘 알고 있었다. 본래부터 알았던 것이 아니라 샤크에게 한 번 들었기 때문이었다. 비록 샤크는 딱 한 번 지나가는 식으로 가볍게 얘기했지만, 토니는 그의 말을 절대 잊을 수 없었다.

협의의 핵심은 약자를 배려하는 데 있는 것으로, 힘이 세다고 이유 없이 약자를 괴롭혀서는 안 되며, 돈이 조금있다고 없는 이들을 무시하거나 착취해서는 안 된다.

힘이 강하면 약자를 돌봐 줄 수 있어야 하고, 돈이 많으면 없는 자들을 도와줄 수 있어야 한다.

어려움에 처한 자들이 있으면 못 본 척하지 말고, 악행은 반드시 멸절시켜야 하는 것이 또한 협의의 핵심이라 할 수 있다…….

"반드시 그렇게 살겠어요! 반드시!"

토니의 두 눈이 강렬하게 번뜩이는 것을 본 샤크는 속으로 흐뭇하게 미소 지었다.

'기특한 녀석! 내 말을 잊지 않았나 보군.'

샤크는 이번 생에서는 전생처럼 적극적으로 협행에 나서지 않겠다고 다짐했다. 그러나 그의 부하들이 그렇게 하겠다면 절대 말릴 생각은 없었다.

'흠! 스스로 하겠다는 데 뭐 굳이 말릴 이유가 없지 않겠나?'

과연 스스로 하겠다는 건지 그가 은근히 조장하고 있는 건지 알 수는 없지만, 그의 신묘막측한 용하술이 효력을 발휘한 것만은 확실하리라.

Chapter 4

능력보다 인성이 더 중요하다

샤크는 스스로 자신의 영토라 선포한 산드리아 영지를 토니에게 맡기고 북쪽으로 떠났다. 사실 그에게는 굳이 길잡이가 필요 없었다. 소마왕인 그가 어디 길을 잃고 헤매겠는가?

작정하고 경공술을 펼치면 그깟 왕도까지는 단숨에 이동도 가능하겠지만 아직 라우벤과 약속한 기한까지 한참의 시간이 남아 있기에 느긋하게 여행을 하고 있는 것뿐이다.

어려운 처지에서도 자신보다 남을 위할 줄 알고, 마음이 순수하면서도 강인했던 소년 토니. 그는 급작스럽게 거대한 영지의 영주가 되어 당황스럽겠지만, 장차 훌륭한 영주가 될 것이 분명했다.

'능력보다 인성이 더 중요하다. 능력이야 올려 주면 되지만 인성은 쉽사리 바뀌지 않지.'

세상에 능력이 출중한 이들은 제법 있지만 인성이 좋은 이는 많지 않음을 잘 알고 있는 샤크였다. 그래서 그가 토니를 처음 부하로 거둘 때 매우 흡족해했던 것이다.

물론 그렇다 해도 아직 소년에 불과한 토니에게 그 커다란 영지를 알아서 통치하라며 달랑 맡겨 둘만큼 허술한 샤크는 아니었다. 토니의 곁에는 이미 샤크의 지시를 받은 마족 하나가 그를 수호하고 있었다.

마족 루델은 일루전 트레저인 광전사의 불꽃이 있는 결계 근처에 마법진을 만들어, 순식간에 왕복이 가능하도록 했다. 샤크는 그 방법을 통해 상급 마족 하나를 불러와 그에게 산드리아 영지를 지키는 수호 마족이 돼라 명했던 것이다.

상급 마족은 웬만한 드래곤과 비슷한 수준의 능력과 전투력을 지녔다. 그런 강력한 마족이 영지를 수호하고 있음을 토니가 알게 된다면 무척이나 든든해하겠지만 샤크는 일부러 그 사실을 숨긴 터였다.

그 이유는 토니가 안주하지 않기를 바라기 때문이었다. 상급 마족과 같은 강력한 존재가 자신을 보호하고 있음을 알게 되면, 토니는 은연중 그 마족에게 기대며 스스로를 강하게 하는 노력을 게을리할 수도 있는 것이다.

'위기도 느껴봐야겠지. 어차피 나의 후광은 시간이 지나면 사라질 것이고 그 상태에서도 영지를 지켜 내는가는 녀석의 노력에 달려 있다.'

정말로 최악의 상황, 이를테면 토니의 생명이 위태해진다거나 외부의 감당 못 할 적이 쳐들어왔을 때가 아니면 수호 마족은 절대 토니의 일에 관여하지 않을 것이다. 그것이 샤크의 명이었다.

* * *

샤크가 산드리아 영지를 떠나 북상한 지 3일이 지났을 무렵 그는 레시오 영지에 이르렀다. 이곳의 영주도 뒤를 캐 보면 콘쿠르 후작 못지않은 인물일 수도 있겠지만, 샤크는 굳이 그런 번거로움을 자초하고 싶지 않았다.

다론 성에서의 일은 토니 때문에 어쩔 수 없이 나선 것일 뿐, 만일 가는 곳마다 일일이 샤크가 간섭해야 한다면 왕도 파렌스에 도착하는 데까지 시간이 꽤 많이 걸릴 것이다.

'일단 국왕 페무르 4세부터.'

아니면 왕궁으로 다른 귀족들을 모두 소환한 뒤 한 번에 손을 보는 것은 어떨까?

'뭐 그것도 좋은 생각이군.'

마지막으로 떠오른 생각이 꽤 마음에 들어 샤크는 의미심장한 미소를 지었다. 그러다 문득 그는 자신의 뒤를 조용히 따르고 있는 마족 루델을 쳐다봤다.

흑색의 후드를 깊게 눌러쓴 루델은 영락없이 아름다운 인간 여성의 외모였다. 클라우드 대륙의 사람들이 놀라지 않도록 샤크로부터 인간이나 이종족의 모습으로 변하라는 명령을 받은 다른 마족들과 달리 그녀는 처음부터 인간 여성의 몸으로 환야를 활보하고 있었다. 샤크는 문득 그 이유가 궁금해져 물었다.

"루델, 넌 왜 애초부터 인간의 외모를 하고 있었던 것이냐?"

"제 본신이 궁금하세요?"

곧바로 루델의 주위로 흑색의 구름이 일어나더니 그녀의 키가 대략 5로빗 정도로 커졌다. 엉덩이 뒤로 기다란 꼬리 세 개가 늘어서 있다는 것 외에는 전체적인 외형이 지금과 크게 다를 바 없는 모습이었다.

수만 가닥의 가느다란 금사(金絲)를 가지런히 심어놓은 듯

화려하게 반짝이는 머리카락. 전신에는 백금가루를 뿌려놓은 듯 은은한 빛이 일어났다. 그녀의 본신은 오히려 인간일 때보다 몇 배 이상 뇌쇄적인 매력이 있었다.

대부분의 마물처럼 흉측한 형상일 것이라 생각했던 바와 달리 의외였다. 루델은 말 그대로 미(美)의 화신과도 같은 아름다움을 가지고 있었던 것이다.

스스슷.

루델은 예의 작은(?) 인간 여성의 모습으로 돌아왔다. 물론 5로빗의 본신에 비해 작을 뿐이지 보통의 인간 여성에 비하면 훨씬 크고 늘씬한 체형이었다. 그녀는 머리의 후드를 뒤로 넘겨 흑발을 드러내며 웃었다.

"어때요? 저는 본래부터 이와 비슷한 모습이라 특별히 달라진 것은 없어요. 호호호!"

"쯧! 키가 줄어들고 머리색이 달라진 게 별게 아닌 거냐? 그보다 마물 숲에서는 굳이 보통의 인간과 비슷한 모습으로 작아질 필요가 없었는데 왜 그런 상태로 남아 있었는지 그 이유를 묻는 것이다."

"그건 그냥 습관 때문이에요."

"습관?"

"오르덴들의 도시에 들어가려면 반드시 보통의 인간, 혹은 유사 인간 종족과 흡사한 모습으로 들어가야 하거든요."

오르덴은 환야의 세계에 존재하는 중립자들로 광활한 환야의 벌판 곳곳에 수많은 도시들을 가지고 있다고 했다. 이는 샤크가 출생 전 전달자 노인에게 들은 내용이었다.

오르덴들은 인간이 아니었다. 물론 마물이나 마족도 아니며 정령과 같은 존재도 아닌 그 자체로 하나의 독립된 종족이었다. 그들의 모습은 정해진 것이 없으며 그들이 원하는 모습대로 변한다고 했다.

그런데 루델의 말에 의하면 오르덴은 대부분 인간의 외모를 가지고 있다는 것이다. 그것은 매우 특이한 일이었다.

그러나 그보다 더욱 특이한 일은 오르덴의 도시에 들어가려면 반드시 인간의 모습으로 변해야 한다는 것이다. 마족이건 마물이건 드래곤이건, 심지어 몬스터들이라 해도 마찬가지라나?

"특이하군. 어째서 그런 괴상한 법을 만들었지?"

"그 이유는 간단해요. 오르덴들의 도시는 환야의 세계 중에서도 중립 지대거든요. 그곳에서는 어떤 이유를 불문하고 분쟁이 금지되어 있어요."

"그건 나도 알고 있다."

환야의 세계에서 원수가 되어 서로 못 잡아먹어 안달인 두 패거리가 있으니, 하나는 용자 패거리요 다른 하나는 마왕 패거리다.

그러나 로아탄이나 드래곤, 정령, 오르덴들은 그 두 패거리 중 어떤 곳에도 속하지 않는 중립자적 위치로 태어난다. 다만 로아탄, 드래곤, 정령 등은 보통 각각의 성향에 따라 두 패거리 중 한 곳으로 몸을 의탁하는 경우가 많았다.

그와 달리 오르덴들은 태어나서 죽는 그 순간까지 중립 그 자체로만 살아간다고 했다. 그로 인해 그들이 세운 도시는 환야의 중립지대이며 분쟁금지 지역이 될 수 있는 것이다.

따라서 서로 못 잡아먹어 안달인 용자와 마왕들이라 해도 오르덴의 도시에서 마주치면 그들은 절대 싸울 수 없었다. 도시 바깥으로 나가 싸울망정 도시 내에서는 분쟁이 철저히 금지되어 있기 때문이다.

그것은 샤크가 볼 때 매우 기이하면서도 특이한 일이 아닐 수 없었다. 만일 마왕이나 용자들이 오르덴들의 법을 따르지 않고 서로 싸우면 어떻게 될까?

그런 상황이 벌어졌을 때 오르덴들에게 마왕이나 용자들을 징계하거나 그들의 분쟁을 금지시킬 만한 힘이 존재할지 의문이었다. 그게 가능하다면 환야에서 오르덴들의 힘이 마왕이나 용자들 보다 우위에 있어야 가능하지 않겠는가? 설마 오르덴들이 환야의 지배자라도 된다는 것인가?

뭐 그건 그렇다 치자. 그런데 어째서 대부분의 오르덴이 인간의 외모를 하고 있으며, 또 그들의 도시에 들어가려면 인간이나 최소한 유사 인간 종족의 모습으로 변해야 하는 특이한 법을 만든 것일까?

왜 하필 인간인가?

샤크가 그에 대해 의문을 품자 루델은 고개를 갸웃하더니 머리를 긁적이며 대답했다.

"글쎄요. 저도 그 이유는 잘 모르겠어요. 그러고 보니 저도 궁금하군요. 왜 꼭 평범한 인간의 모습으로 변해야 할까요? 저는 처음 오르덴들의 도시에 들어갈 때부터 그렇게 하다 보니 그냥 당연하게 여겼죠. 제대로 대답을 못 해서 죄송해요."

"모른다고 죄송할 것까지야 없지."

사실 당연하다고 여기며 하는 행동이나 관습들 중에 막상 그 이유를 따지고 들면 의문이 생기는 것들이 수없이 많다. 다만 대부분 그런 것들을 따지지 않는다. 일일이 따지면 귀찮기도 하고, 남들이 다들 그렇게 하니까, 굳이 의문을 가지지 않아도 되기 때문이다.

아마 루델도 그런 이유로 그냥 받아들인 모양이었다. 그러나 인간을 아주 하찮게 여기는 마족이 인간의 모습으로 변해 오르덴들의 도시로 들어가는 것을 당연하게 받아들이는 것이 샤크로서는 우습지 않을 수 없었다.

'분명 뭔가 이유가 있을 것이다.'

설마 아무런 이유도 없이 그렇게 될 리는 없었다. 샤크는 그 이유가 매우 궁금했지만 지금 당장 알 수 있는 것이 아니기에 차차 알아볼 생각이었다.

그보다 기왕 얘기가 나온 김에 루델로부터 그동안 그녀가 환야를 떠돌며 경험했던 것들을 들어보기로 했다.

"그동안 마왕들은 좀 만나 보았느냐?"

그러자 루델이 움찔하더니 하아, 하고 한숨을 내쉬었다.

"말도 마세요. 마왕들만 생각하면 끔찍하니까요."

그 말에 샤크는 고개를 갸웃했다.

"끔찍하다니 이상하군. 보통 마족들은 마왕과 만나 그의 권속이 되는 걸 필생의 소원으로 여기지 않느냐?"

"그거야 저도 처음엔 그랬죠. 하지만 한두 번 마왕들을 겪다 보면 그런 생각이 싹 사라지고 말아요. 그 지랄 맞은 성격들부터 시작해, 그렇다고 연약한 마족들을 보호해 줄 만큼 강한 것도 아니거든요. 툭 하면 용자나 다른 강한 마왕에게 얻어터지고 와서 그 화풀이는 저 같은 불쌍한 마족들에게 한다고요."

 루델은 맺힌 것이 많은 듯했다. 그녀는 치를 떨며 말을 이었다.

 "이왕 성질이 더러울 바엔 차라리 강하기라도 하면 말도 안 해요. 정말로 강한 마왕의 권속이 된다면 비록 구박은 받고 살망정 신은 날 테니까요. 하지만 마왕들은 대부분 무능해요. 도대체가 화만 낼 줄 알지. 아무튼 저 역시 어설픈 마왕의 권속이 되었다가 죽을 뻔했던 적이 한두 번이 아니었죠."

 루델은 자신의 로드였던 마왕들이 용자들과의 전쟁에서 패배하며 죽음의 위기를 겪었던 것부터 시작해서, 오르덴들의 노예로 팔려가 술집에서 일한 것, 또한 지나가는 마왕에게 잘못 찍혀 한동안 오크가 되어 살아야 했던 것 등등 그야말로 눈물 없이 들을 수 없는 사연들을 토해 냈다.

 "너도 별꼴을 다 겪었구나. 그런데 마왕들이 용자들에게 얻어터진다고? 그건 내가 알고 있는 것과 많이 다르군. 대부분의 마왕들이 강한 반면 용자들은 변변치 못하다고 들었는데 말이야."

 "그거야 옛날 얘기죠. 요즘 용자들이 얼마나 무서운데요."

"그게 정말이냐?"

샤크는 비록 마왕이지만 마왕들이 용자들에게 얻어터지고 산다는 말에 오히려 기분이 유쾌해졌다. 그는 자신이 용자로 태어나지 않았다는 것에 매우 슬퍼했을 만큼 용자를 내심 선망하고 있었기 때문이다.

그가 볼 때 용자야말로 협의의 화신이었다.

하지만 어쩌겠나? 그는 용자가 아닌 마왕인 것을. 기왕 이렇게 태어났는데 아무리 머리를 쥐어뜯고 발악을 한들 마왕이 용자가 될 수는 없지 않은가.

사실 그가 협행에 적극적이지 않는 것에는 이런 연유도 없지 않았다. 만일 용자로 태어났다면 지난 생에 아무리 배신을 당하고, 그로 인해 만사가 허무하다 해도 그의 성격상 결국은 적극적으로 대협사의 길을 갔을 가능성이 높았다. 용자로서 당당하게 말이다.

그러나 마왕이 무슨 지랄 맞은 협행인가? 물론 타고난 운명 따위야 신경 쓰지 않고 스스로의 길을 가겠다고 다짐하긴 했지만, 그래도 순리를 거스르는 건 무척이나 어색한 것이 맞았다.

그러나 다시 생각해 보면 마왕이라는 것이 꼭 용자에 비해 나쁜 것만은 아니었다. 적어도 협의를 행함에 있어서는 그 누구의 눈치도 볼 필요가 없다는 면에서 말이다.

이를테면 용자라면 할 수 없는 극단적인 일일지라도 마왕은 할 수 있는 것이다. 그로 인해 욕을 먹든, 저주를 받든, 마왕이야 원래 그런 존재 아닌가?

다시 말해 협의를 행하는 데 마왕은 그 어떤 눈치도 볼 것이 없다는 말이다.

세상의 강자들이 만들어 놓은 명분!

세상의 강자들이 만들어 놓은 법!

철저히 강자들에게 유리하도록 만들어 놓은 법으로 약자들을 착취하는데, 만일 그런 강자들의 명분에 따르다 보면 약자들을 제대로 배려해 줄 수 없을 때가 종종 있다.

대표적으로 샤크의 전생에서 무림의 명문 정파들이 가진 한계가 바로 그것에 있었으니까. 그들 역시 강자에 속해 있었고, 애초부터 귀족인 경우가 많다 보니 어디까지나 그들 자신이 만들어 놓은 테두리에서만 약자를 배려할 뿐이었다.

그들이 명분이 어쩌고 문규(門規)가 어쩌고 하며 망설일 때 약자들은 숱하게 죽어 나간다. 그리고 그들이 명분에 맞게 나설 때쯤에는 이미 도울 만한 자들은 대부분 죽어 없어졌을 때였다. 아마 용자 역시 그럴 가능성도 있었다.

그러나 마왕은 다르다. 앞뒤 볼 것 없이 그냥 다 뒤집어엎어 버릴 수가 있는 것이다.

명분? 필요 없다.

마왕이 하겠다는데 누가 뭘 어쩌겠는가.

거기까지 생각이 든 샤크는 문득 흡족한 미소를 지었다. 그러고 보면 마왕인 자신이야말로 광협 백룡이 추구하던 진정한 협의지도를 이룰 수 있는 가장 이상적인 존재가 아닐까?

그러던 샤크는 이내 다시 고개를 휘휘 저었다.

'아니다. 내가 협행은 무슨! 그냥 도저히 못 봐줄 놈들이나 간혹 손봐주면서 대충 조용히 사는 거지.'

그냥 대충 조용히 산다. 그것은 샤크가 환야에 처음 발을 내딛는 순간 다짐했던 삶의 방침이었다.

'협의에 집착해 봤자 오는 건 결국 실망뿐.'

그냥 마왕답게 이기적으로 사는 게 속 편하리라. 물론 부하들이 굳이 협행을 하겠다면 절대 말리지는 않겠다는 것이 또 다른 방침이기도 했지만.

한편 루델은 샤크가 자신의 말을 다 들어 주자 왠지 신이 났다. 본래 그녀는 수다 떨기를 매우 좋아하는데, 그동안 샤크의 험악한 기세에 질려 쥐 죽은 듯 조용히 지냈을 뿐이었다. 이때다 싶어 그녀는 마구 수다를 떨기 시작했다.

"하지만 그렇다고 마왕들 중에도 아주 무능한 이들만 있는 건 아니에요. 아직 뵌 적은 없지만 몹시 강하고 멋진 마왕도 있거든요. 그에 의해 숱한 용자들이 죽임을 당했다고 하죠. 아, 저도 그런 멋진 마왕의 권속이 되었다면 얼마나 좋았을까요?"

순간 샤크의 두 눈썹이 꿈틀 흔들렸다.

"그런 놈이 있다고? 어떤 놈인지 말해 봐라."

"대마왕 플런더 아말티아 마사크르! 간략하게 대마왕 플런더라고도 하죠."

"대마왕이라. 절대 살려 둘 수 없는 놈이군."

갑자기 샤크의 두 눈에서 말로 형언할 수 없이 섬뜩한 살광(殺光)이 번뜩이자 루델은 흠칫 놀랐다. 그녀는 자신이 뭔가 말을 잘못한 것 같아 몸을 떨었다. 설마 샤크가 이토록 분노할 줄은 몰랐다.

보통은 마왕이 용자들을 죽였다는 말을 하면 좋아해야 정상이다. 그것은 거의 모든 마족이나 마물들이 가지는 본능과 같은 것이니까.

그런데 샤크는 반대로 마왕이 용자들을 죽였다는 말에 크게 분노하고 있었다. 그것은 마족이 보일 만한 반응이 아니었다.

'이상해. 로드는 어째서 그 말에 분노하는 걸까?'

그러고 보니 루델은 샤크의 정체를 아직 알지 못했다. 그저 그녀는 샤크가 자신보다 훨씬 강한 능력을 지닌 최상급 마족이 아닐까 은연중 추측하고 있었을 뿐이다.

최상급 마족 중에서도 그 능력이 천차만별이라 그녀로서는 죽었다 깨도 대적 불가할 만큼 강력한 능력을 지닌 이들도 있다 들었는데, 그녀는 샤크가 바로 그런 존재라 생각했다.

샤크 스스로 마왕을 죽였네, 어쩌네 하지만 그 말만은 솔직히 믿기 힘들었다. 마족이 마왕을 죽인다는 건 말도 안 되는 헛소리에 불과하니까.

설사 마족이 운 좋게 소마왕의 심장을 먹었다 해도 마왕을 이긴다는 건 불가능한 일이었다. 그녀가 지금껏 환야에서 오래도록 살아오면서 마족이나 마물이 마왕을 죽였다는 소리는 한 번도 들어 본 적 없었던 것이다.

'대체 로드의 정체는 뭘까? 왜 마왕이 용자를 죽였다는데 화를 내는 거야?'

그것은 샤크가 용자라면 이해할 수 있는 일이다. 그러나 루델이 볼 때 샤크는 결코 용자가 아니었다. 용자가 어찌 마물들과 마족들을 아주 자연스럽게 부하로 거느리고 있겠는

가. 그 또한 그녀가 지금껏 살아오며 한 번도 들어본 적 없는 일이었다.

따라서 샤크는 최상급 마족이다, 라는 것이 그녀가 다시 내린 잠정적인 결론이었다. 물론 지금 인간들의 왕국에서 샤크가 하고 있는 행동을 보면 인간 용자와 비슷한 면모가 있긴 하지만. 그렇다 해도 루델은 샤크가 그저 변덕스럽게 유희를 즐기고 있다 생각하지, 정말로 인간들을 위해 준다고는 상상도 못했다.

'흥! 저러다 또 귀찮아지면 인간들을 마구 죽일 테지. 안 봐도 뻔하다. 뻔해.'

그때가 되면 그녀 역시 신나게 인간들을 학살할 생각에 기분이 유쾌해지긴 했다. 그러나 그보다 더욱 빠르게 그녀의 마음은 다시 무거워졌다. 문득 샤크가 조금 전 대마왕을 손보겠다는 식으로 얘기한 것이 마음에 걸렸기 때문이다.

마왕도 아니고 대마왕을 죽인다? 그가 어떤 존재인데?

그건 미친 짓이었다. 그야말로 죽으려고 작정을 하지 않고서야 절대 상상도 해서는 안 될 일인 것이다. 그것은 설령 샤크가 마왕이라 해도 불가능한 일이었다.

그 누가 감히 환야의 세계에서 가장 강력한 존재이며 공포의 대명사라 할 수 있는 대마왕을 죽인다 말할 수 있다는 말인가?

'이건 아니야. 아무래도 기회를 봐서 도망가는 게 좋겠어.'

루델은 한숨을 내쉬었다. 어쩌다 또 이런 무모한 로드를 만났는지. 아무래도 앞으로 고생길이 훤할 것 같은 생각에 절로 한숨이 나오지 않을 수가 없었다.

"루델, 대마왕 플런더라는 놈에 대해 네가 아는 대로 말해봐라."

그때 샤크가 다시 물었다. 루델은 재빨리 대답했다. 왜 또 샤크가 쓸데없는 것을 물어보는지 불안했지만 그녀로서는 그의 명령을 거부할 수 없었다.

"플런더 님은 거의 모든 마왕들의 위에 군림하는 마왕 중의 마왕이죠. 그분은 대마왕성(大魔王城)이라 불리는 거대한 성을 갖고 있다 들었어요."

"대마왕성이라. 이름은 거창하군."

"보통 마왕들은 다른 마왕의 수하로 들어가지 않지만 그분의 경우에는 예외예요. 꽤 많은 마왕들이 그분의 수하를 자처해 대마왕성에 거하고 있다고 해요. 그러다 보니 환야에서 상당한 명성을 날린 용자들도 감히 대마왕성 근처로는 얼씬도 못 한다고 하죠. 예전엔 무모하게 대마왕성으로 갔다가 두 번 다시 돌아오지 못한 용자들의 숫자도 적지 않았어요."

루델은 대마왕 플런더가 얼마나 무서운 존재인지를 샤크에게 알려주기 위해 기를 썼다. 그러나 샤크는 루델의 말을 듣고도 별달리 놀란 기색이 없었다. 마치 어느 숲에 오우거가 한 마리 살고 있는데 그 녀석이 지나가는 여행객을 꽤 많이 잡아먹었다는 얘기인 양 인상을 찌푸리며 담담히 대꾸할 뿐이었다.

"그럼 용자들이 더 죽기 전에 놈을 빨리 제거하는 게 좋겠군."

그의 말에 루델은 펄쩍 뛰었고 반드시 도주해야겠다는 결심을 속으로 굳혔다. 아니, 이참에 대마왕성으로 달려가 감히 플런더 님을 해치우겠다는 간 큰 녀석이 있다고 일러바칠 계획이었다. 그러면 혹시라도 그 위대한 대마왕이 특별히 그녀를 권속으로 받아 줄 수도 있었다.

대마왕의 권속이 된다? 그러면 어디 가서 절대 괄시당할 일은 없으리라. 생각만으로도 그녀는 가슴이 벅차고 두근거렸다. 그러나 그녀는 짐짓 그와 같은 마음을 숨기고 힐끗 샤크를 향해 물었다.

"로드! 한 가지만 묻죠. 과연 대마왕 플런더 님을 이길 자신이 있긴 한가요?"

순간 샤크의 눈빛이 살벌하게 변했다. 그는 루델을 슥 노려보더니 차갑게 내뱉었다.

"네 표정을 보니 내가 마치 분수도 모르고 대마왕에게 덤비려는 애송이놈 같구나. 플런더란 놈이 강한 거야 그렇다 치고 내가 그렇게 우습게 보이는가 보군."

"그게 아니라……."

루델은 흠칫 놀라 뒷걸음질쳤다. 그녀는 순간 후회막심했다. 그냥 샤크가 닭을 보고 매라고 그러면 맞다 그래야 했다. 혹은 오크를 보고 오우거라고 해도 그의 말이 무조건 맞다고 했어야 했다.

어차피 달아나기로 마음을 굳힌 마당에 굳이 아니라며 이것저것 따지는 게 무슨 소용이었을까?

그놈의 입이 방정이었다. 그로 인해 샤크의 용하술 중 가장 백미라 할 수 있는 백룡구타술! 그것이 다시 발동되려는 순간이었다.

"자, 잠깐만요, 로드!"

"뭐냐? 바쁘니 용건만 짧게 말해라."

샤크가 두 주먹을 움켜쥐고 험상궂게 노려보자 루델은 최대한 애교스러운 웃음을 지으며 말했다.

"환야에서 그 누가 감히 로드를 대적할 수 있겠어요? 대마왕 플런더라 하더라도 로드 앞에서는 아무것도 아니에요."

"흠, 정말로 그렇게 생각하느냐?"

샤크의 눈빛이 약간 누그러드는 것처럼 보이자 루델은 속으로 안도하며 재빨리 다시 외쳤다.

"물론이죠. 호호!"

"그 마음 변치 마라. 네가 나를 의심하는 순간부터 배신이라는 놈이 싹을 피우게 될 테니까."

"잘 알았어요."

루델은 웬일로 샤크가 관용을 베푸나 싶어 속으로 의아했다. 한바탕 죽도록 맞을 거라 생각했던 터라 잔뜩 긴장했던 그녀였다.

'우훗! 망할 놈 같으니. 어디 네가 과연 플런더 님 앞에서도 그런 태도를 보일지 두고 보겠어.'

루델은 속으로 회심의 미소를 지었다. 이제 그녀는 기회를 봐서 대마왕성으로 달아나 샤크의 건방진 계획을 플런더에게 일러바칠 작정이었다.

퍽!

바로 그 순간 샤크의 주먹이 날아와 그녀의 복부를 후려

갈겼다.

"꺼억!"

그때부터 시작이었다. 뭔가 억울하다는 표정을 지을 사이도 없이 샤크의 주먹이 무더기로 날아왔고 루델은 정신없이 맞아야 했다. 그러다 일순 샤크가 구타를 멈추더니 불쑥 물었다.

"모를 줄 알았느냐?"

"……뭐, 뭘요? 흑흑!"

루델은 흠칫 놀랐지만 짐짓 억울하다는 표정을 지었다. 그러자 샤크의 인상이 더욱 험악해지더니 두 눈에서 짙은 살광이 피어났다.

"나를 바보로 아는 건가? 네가 감히 나를 속이려 하다니, 정녕 살고 싶은 생각이 없나 보구나."

"아앗! 잠깐만요. 말할게요."

루델은 샤크가 자신을 정말 죽일 기세로 살기를 발산하자 기겁했다. 그녀는 샤크의 눈치가 그토록 빠를 것이라고는 상상도 못했던 터였다.

그가 이미 알고 있는 듯하니, 숨겨봤자 더욱 큰 매를 부를 것이다. 차라리 솔직히 얘기하고 선처를 구하는 것이 최선이란 생각이 들었다.

"흑! 용서해 주세요. 실은 대마왕 플런더 님께 가서……."

루델은 울먹이며 조심스레 자신의 계획을 고백했다. 그러나 그녀는 그 순간 샤크의 인상이 더더욱 험상궂게 변하고 있음을 알지 못했다.

'크흐! 그런 가증스러운 계획을 세웠다 이거군.'

사실 샤크는 루델이 무슨 생각을 했는지 알지 못했다. 그가 아무리 소마왕이라 한들 루델의 마음 깊은 곳에서 웅크리고 있는 속셈을 어찌 훤히 알 수 있겠는가.

그는 그저 루델이 뭔가 꿍꿍이가 있음을 눈치챈 것뿐이다. 그래서 적당히 용하술을 펼쳐본 것인데, 딱 걸려든 것이었다.

그런데 그녀가 설마 대마왕에게 가서 자신을 팔아넘기려는 앙큼한 계획을 세웠을 줄이야. 그것은 말 그대로 배신 그 자체가 아닌가?

츠츠츠츠.

샤크의 두 눈이 더더욱 차갑게 이글거리다 못 해 사방이 싸늘한 한기로 휩싸이자 루델은 심각한 두려움을 느꼈다. 어쩌면 죽을 수도 있다는 두려움이었다. 그녀는 다급히 다시 외쳤다.

"로드! 용서해 주세요. 절대 본심은 아니었어요."

"본심이 아니었다? 그럴 리가. 적어도 잠시는 본심이었겠지."

"그땐 제가 잠시 정신이 나갔었나 봐요. 인간들이 살다 보면 간혹 실수할 때가 있듯이 마족도 같아요. 실수였다고요."

"그 심정 이해는 한다. 그러나 이해와 용서는 별개이지. 오늘 너를 보니 그동안 내가 매를 너무 아꼈다는 생각이 드는구나. 차라리 매를 때렸다면 배신은 생각도 못 했을 텐데 안타깝군. 어쨌든 배신의 대가는 죽음. 너는 이제 그 대가를 치르게 될 것이다."

샤크가 입가에 잔잔한 미소까지 띠며 말했지만 루델에게는 그것이 오히려 더욱 살벌한 느낌으로 다가왔다. 그녀는 울상을 지었다.

"흐윽! 그동안의 정을 봐서 부디 용서를…… 아, 그렇지."

루델은 돌연 한 가지 기발한 생각을 떠올리고는 회심의 미소를 지으며 말을 이었다.

"협행을 할 테니 한 번만 봐줘요."

"협행?"

샤크는 뜻밖이라는 표정을 지었다. 루델은 고개를 끄덕였다.

"물론이에요. 저는 앞으로 협행을 하도록 노력하겠어요. 그것이 로드께서 가장 좋아하는 것 아닌가요?"

"글쎄! 과연 마족인 네가 협행을 할 수 있을 거라 생각하느냐?"

샤크는 루델이 협행을 하겠다는 말에 한편 기특하다는 생각도 들었지만, 과연 그것이 가능할지 의문이었다. 그래서 그의 표정은 시큰둥하기 이를 데 없었다. 루델은 생사가 걸려 있는 터라 최대한 협의로워 보이는 눈빛을 번쩍이며 샤크를 설득했다.

"약자를 보살피고 악행을 근절시키는 것이 협행 아닌가요? 맡겨만 주세요. 그런 것쯤이야 손바닥 뒤집듯 쉬운 일이라고요. 호호호!"

샤크는 잠시 고민하다 고개를 끄덕였다. 루델에 대한 징벌이야 사실 당장 급할 것은 없으니 일단 과연 협행을 하는지 지켜보기로 했다.

"네가 앞으로 협행을 한다 하니 정상참작의 여지가 있군. 또한 네 말대로 그동안의 정을 봐서라도 용서는 해 주지. 그보다 일단 좀 맞아야겠다."

"잠깐만요. 용서는 해 준다면서요?"

죽도록 때릴 거면서 용서는 무슨 용서? 차라리 용서를 못

하겠다고 해라! 라고 따지는 듯한 눈빛의 루델을 향해 샤크는 싸늘히 대꾸했다.

"내가 말한 용서란 특별히 죽이지는 않는다는 뜻이다. 본래라면 마땅히 죽였어야 할 죄였지. 내가 분명 경고했는데, 나는 배신을 가장 싫어한다고 말이야. 어쨌든 긴말이 필요없지. 이 악물어라."

"자, 잠깐!"

"잠깐은 무슨!"

곧바로 샤크의 우악스러운 주먹이 날아들었다. 마치 우레가 치는 듯한 가공할 폭음!

콰앙! 콰콰콰쾅!

백룡구타술! 그것은 실로 가공했다. 루델이 지난번 마물숲에서 당했던 것은 말 그대로 맛보기에 불과했고 오늘이 진짜였다.

쾅쾅쾅쾅! 우드득! 와지지직!

"끼아악! 아악! 사, 살려……끄악!"

세상에! 맞으면서 이렇게 아플 수도 있는 것일까? 어찌 보면 참으로 어이없는 의문이다. 맞으면 아픈 것이 당연하니 말이다.

하지만 그것도 어느 정도지 지금의 고통은 상상을 초월할 정도였다. 샤크는 어떻게 하면 가장 아프게 때릴 수 있을까 연구라도 한 것이 분명했다. 명색이 최상급 마족인 루델의 입에서 돼지 멱따는 듯한 비명이 줄줄 나오게 만들었으니까.

쿠콰쾅! 콰르르르! 퍽퍽퍽—

"아악! 꺄아아악! 어어억! 끄, 끄아악—!"

하도 맞다 보니 하늘이 노랗게 보였다. 그 덕분일까? 루델은 본능 속에 숨어 있던 대마왕에 대한 두려움을 떨쳐 버릴 수 있었다.

환야에서 가장 무서운 존재는 대마왕이 아닌 로드 샤크다. 이유 불문하고 무조건. 두 번 다시 배신은 꿈도 꾸지 않으리라.

Chapter 5
목표를 세우다

환야의 세계에서 가장 강한 존재들이라 불리는 마왕들. 그런데 그런 마왕들 위에 군림하고 있는 대마왕이라는 녀석이 있다니.

그에 대한 것은 전달자 노인에게서도 듣지 못했다. 루델이 알려주지 않았다면 대마왕 플런더의 존재에 대해 샤크는 전혀 몰랐을 것이다.

그러고 보면 전달자 노인이 알려준 환야에 대한 지식은 아주 기본적이면서도 고전적인 것들뿐이었다. 그는 최근 환야가 어떻게 돌아가는지, 이를테면 마왕 중에 대마왕 플런더라는 특출난 녀석이 존재한다든지 혹은 요즘 용자들이 꽤 강하다는 것과 같은 것들은 샤크에게 전혀 알려주지 않았다.

어쨌든 대마왕의 존재를 몰랐다면 모를까, 알게 된 이상 샤크에게는 목표가 생겼다. 언제고 기회가 되면 대마왕 플런더를 없애 버리겠다는 목표였다.

물론 당연히 지금 플런더에게 도전하는 것은 미친 짓이리라. 샤크는 자신이 아직 플런더를 상대할 만한 능력이 되지 못함을 알고 있었으니까.

'내가 마왕을 죽인 적은 있지만 그래 봤자 고작 풋내기 마왕일 뿐이다. 환야에는 그보다 강한 마왕들이 수두룩한데, 플런더는 그들 위에 군림하는 절대 강자가 분명하다.'

따라서 샤크가 플런더를 이기기 위해서는 지금보다 훨씬 강해져야 할 것은 당연지사. 물론 그렇다고 조급해하지는 않았다. 조급함은 강해지는 데 방해가 될 뿐이기에.

'조급할 게 뭐 있나. 어차피 시간이 지나면 그 녀석보다 내가 강해질 텐데 말이야. 그때 가서 놈을 손보면 되는 일이지.'

시간이 지나면 어차피 대마왕보다 강해진다니! 그 누가 들어도 어이없어할 만한 광오함이라 할 수 있었다.

그러나 샤크에게는 그것이 광오함이 아닌 당연한 자신감이었다. 전생에서도 그랬지만 그는 아무리 요원하고 불가능한 목표라 해도 위축되어 본 적이 없었다.

'전생에 내겐 위대한 스승이 존재했다. 이곳에서도 마찬가지. 그가 나를 다음 단계로 인도할 것이다.'

샤크는 느긋하게 걸음을 옮기며 주변을 돌아봤다. 하늘을 유유히 떠도는 구름. 거칠게, 때론 잔잔히 흐르는 바람. 길가에 솟아 있는 이름 모를 풀들. 시끄럽게 지저귀는 새들과 풀벌레 소리…….

그렇다. 샤크의 스승은 다름 아닌 자연이었다. 단순하게 보면 한없이 단순해 보이지만, 파고들면 들수록 그 안에서 세상을 이루는 수많은 법칙들이 발견되는 곳.

물론 자연에 존재하는 수많은 법칙들을 모두 알 수는 없다. 하나를 알았다 생각하면 열 가지 의문이 생기고, 그 열 개의 의문을 간신히 풀고 나면 다시 백 가지 의문이 생기게 되니까.

한때는 그렇다 해도 그 모든 것들을 다 알 수 있다 생각했던 적도 있었다. 혹은 그 모든 법칙들을 관통하는 하나의 거대한 법칙을 깨달을 수 있으리란 생각도 해 보았다.

이를테면 길가에 솟아 있는 수많은 풀들 중 어느 하나도 같은 것이 없다. 그것들은 다 제각각의 법칙 즉, 형(形)과 식(式)을 가지고 있기에 그것들을 하나하나 연구하는 것만으로도 수만 가지 무공의 초식들을 도출할 수 있는 것이다.

그러나 샤크는 그것들이 그래 봤자 풀이라는 한계를 벗어날 수 없으며, 그로 인해 그 수만 가지 다양한 초식들을 아우르는 하나의 절대초식이 존재하리라 확신했다.

모두가 다르지만 실은 결국 하나라는 것.

자연의 모든 것이 서로 달라 보여도 결국은 하나의 절대법칙 아래 귀속되어 있다는 것.

전생에서 그를 초극 고수가 되게 만들었던 절대자연검식(絕對自然劍式)도 바로 그런 깨달음을 통해 도출된 것이었다.

그러나 그것이 얼마나 헛된 망상이었던가?

샤크는 절대자연검식을 통해 무림에서는 가히 심검 혹은 자연검이라 불리는 광세의 경지로 올라섰지만, 그 이후 도저히 이해할 수 없는 흐름들이 자연에 숱하게 다시 존재함을 발견했다.

그것들은 오히려 예전보다 더더욱 난해하며 다양했다. 그가 자연검의 경지에 이르지 않아서 볼 수 없었을 뿐, 자연은 그가 상상했던 것보다 비할 수 없이 광대했다.

스스로 한계를 두었던 것이 문제였다. 아는 만큼 보인다고 좁은 식견으로 자연을 보면 그 식견처럼 극히 일부만 볼 수 있지만, 식견이 넓어지면 그 전에 보지 못했던 새로운 것을 볼 수 있는 것이었다.

이후 그는 자연에 절대 극(極)이란 존재할 수 없음을 확신했다. 그는 무극(無極)이 곧 자연임을 깨달았다. 다른 말로 무한(無限)이 바로 자연이었다.

그로써 만상무극심법(萬狀無極心法)을 창안했고, 그로부터 그는 무적의 고수가 될 수 있었지만, 그렇다 해서 만상무극심법이 절대최강의 심법이라 생각하지는 않았다.

항상 봤던 풀들도, 뻔히 안다고 생각했던 바람의 흐름도, 아침에 피었다가 저녁에 지는 꽃들도, 하나의 경지를 초월해 다시 보면 전혀 새롭게 느껴진다. 그래서 배울 것이 있는 것이고, 그것을 배우다 보면 다시 또 한계를 초월할 수 있게 되는 것이다.

그래서 샤크는 그때와 마찬가지로 자연을 통해 배우는 것을 그치지 않을 생각이었다.

'다 안다고 생각하면 배울 것이 하나도 없지만, 배울 것이 있다 생각하며 스스로의 마음을 낮추는 순간 비로소 많은 것을 보게 되지.'

물론 그 와중에 수많은 한계에 부딪히게 될 것이다. 그것은 대부분 스스로가 그동안 쌓아왔던 것에 기반을 둔 고정관념에서 비롯된 것들이다 보니 그것들을 깨뜨리는 데는 적지 않은 고통이 수반될 수밖에 없었다.

그러나 그것을 참아 내며 지속적으로 노력하면 얻는 바가 많을 것이다.

특히나 이곳은 환야(幻野)라는 거대 신비 세계에 속해 있었다. 샤크의 전생에서는 상상도 못했던 말 그대로 초자연적이라 느껴질 정도의 기이한 자연 현상을 수없이 목격할 수 있는 곳이었다.

그런 만큼 환야의 자연을 연구하면 샤크는 자신이 지금껏 상상도 해본 적 없는 높은 단계로 올라가게 될 것임을 의심치 않았다. 그러한 와중에 대마왕 플런더라는 녀석도 어렵지 않게 해치울 수 있으리란 것도.

슥.

그렇게 잠시 상념에 잠긴 채 자연의 풍광을 감상하며 걸음을 옮기던 샤크는 힐끗 고개를 돌려 루델을 쳐다봤다. 가공할 만한 수준의 매타작이 벌어진 지 대략 하루가 지났는데, 그 사이 루델은 단 한마디도 하지 않고 묵묵히 그를 따라오고만 있었다.

왠지 계속 주눅이 들어 있는 것 같아 샤크는 슬쩍 말을 걸어보았다. 그래도 명색이 부관이자 시종인데 혼낼 땐 혼내더라도 풀어 줄 땐 풀어 주는 게 좋으리라.

"이제 좀 정신을 차렸느냐, 루델?"

끄덕.

 루델은 대답 대신 고개만 살짝 끄덕였다. 샤크가 다른 것을 물어도 고개를 끄덕이거나 혹은 고개를 흔드는 것으로 의사를 표현할 뿐, 그 어떤 말도 하지 않았다.

'음?'

 이게 무슨 일인가 싶어 후드로 가려진 루델의 얼굴을 자세히 살펴본 샤크는 루델의 얼굴에서 입이 사라진 것을 보고 멍해졌다.

 루델은 스스로 입을 봉인한 모양이었다. 공연히 입방정을 떨었다가 죽도록 맞다 보니 두 번 다시 말을 하지 않기 위해 스스로 입을 없애 버린 것이다. 물론 인간이 아닌 마족이니까 가능한 일이었다.

 이는 사실 그녀 스스로 앞으로 샤크의 가혹한 구타술에 당하지 않고 싶은 이유도 있지만, 다른 한편으로는 무언의 항의이기도 했다.

 아무리 그녀가 잘못했다지만 그렇다고 그렇게 무지막지

하게 때릴 줄이야. 그녀가 성질 더럽다고 생각했던 마왕들도 이 정도는 아니었다. 루델이 오죽하면 스스로 입을 없애 버렸겠는가 말이다.

그리고 보통은 그 정도로 가혹한 구타를 했으면 뭔가 미안해하는 표정이라도 지어야 정상일 것이다. 그러나 샤크는 조금도 미안해하는 기색이 없었다. 오히려 루델이 입을 봉인하자 반색하는 분위기였다.

"그거 잘 생각했다. 조용하니까 좋군."

샤크의 말에 루델은 울컥했다. 그래도 그녀는 내심 샤크가 '뭐 꼭 그렇게까지 할 필요가 있느냐?'라든지, 아니면 '내가 좀 심하게 때린 것 같으니 그만 좀 마음을 풀어라'라든지. 이런 식으로 뭔가 위로의 말을 건넬 것이라 기대했다. 그런데 오히려 잘 됐다며 좋아하고 있으니 속이 터져 돌아 버릴 지경이었.

'크! 악덕 로드 같으니. 흥! 제기랄! 내가 누구 좋으라고 입을 없애? 안 되겠어. 말이라도 하고 살아야지.'

그녀는 손가락을 들어 그녀의 사라진 입 부위를 슥 그었다. 순간 살이 쩍 갈라짐과 동시에 금빛의 도톰한 입술이 나타났다. 그러고 보면 입을 마음대로 없앴다가 다시 만들기도 하고, 마족이란 참 편한 듯했다. 샤크가 힐끗 그녀를 노려보며 물었다.

"입을 없앤 지 얼마 되었다고 그새 또 만들었느냐?"

"그러고 있자니 왠지 미친 짓 같아서 말이죠."

"하긴 맞을 땐 맞더라도 말은 하고 살아야지. 입 없이 산다는 건 쉬운 일이 아닐 거야."

"호호, 맞아요."

루델은 어깨를 들썩이며 웃었다. 샤크는 어이없어하는 표정으로 그녀를 쳐다봤다.

"내가 지금껏 수없이 많은 녀석들을 때려 봤지만, 너처럼 넉살 좋은 녀석은 처음이다. 하루도 안 되어 아무렇지도 않게 웃다니. 어제 그렇게 맞고도 웃음이 나오느냐?"

"그럼 안 되나요?"

"물론 안 될 거야 없지. 오히려 권장하고픈 태도이긴 하다만, 그래도 쉬운 일은 아닐 텐데."

"좀 맞았다고 인상 확 구기고 있으면 오히려 더욱 매를 부를지도 모르죠."

"그래. 잘 아는구나. 인상을 구기고 있다는 건 잘못을 인정하지 않는 것이니 당연히 더 맞아야지."

"그러니 더럽고 치사해도 웃어야죠. 인간들 속담 중에 웃는 얼굴에 침 못 뱉는다는 말도 있잖아요. 비록 아무리

역경이 심해도 환하게 웃으며 버티다 보면 언젠가 좋은 일도 있지 않겠어요? 세상이 아무리 지랄 같아도 웃어야죠. 오호호호!"

더럽고 치사하다? 역경이 어쩌고 지랄이 어째? 루델은 은근슬쩍 신세 한탄과 동시에 샤크를 향한 그녀의 불만을 내비치고 있었다. 특히 세상이 지랄 같다는 말은 곧 그녀의 로드인 샤크가 지랄 같다는 뜻이 아니겠는가.

'흠.'

샤크의 인상이 구겨졌다. 역시나 루델은 최상급 마족이라 매 몇 대 맞았다고 다른 마물이나 인간들처럼 기가 팍 죽거나 하는 일은 없는 것일까? 물론 정말로 그런지는 다음번에 백룡구타술의 단계를 좀 더 높여보면 확실히 알게 되겠지만.

"당연히 나도 웃는 얼굴에 침은 뱉지 않는다. 하지만 웃는 얼굴에 주먹은 아주 잘 날리는 편이지."

"헙!"

웃는 얼굴에 주먹을 날린다는 무자비한 로드 샤크의 말에 루델은 움찔 뒤로 물러나며 다급히 외쳤다.

"그럼 웃지 않으면 되잖아요. 그리고 약속대로 협행을 열심히 할 거라고요."

협행이라는 말에 샤크의 험악했던 인상이 눈에 띄게 누그러졌다. 그는 문득 그 스스로는 협행을 안 해도 부하들이 하겠다면 굳이 말리지 않겠다는 자신의 방침을 떠올렸다.

"웃건 울건 상관없다. 네가 불손한 태도만 보이지 않는다면 내가 왜 매를 들겠느냐? 게다가 협행까지 한다는 데 말이야."

"정말이죠? 앞으로는 두 번 다시 불손한 태도를 보이지 않을 테니 절대 때리지 말아요."

루델은 금세 환한 얼굴이 되어 최대한 공손하게 말했다. 그러나 샤크는 짐짓 다시 삭막한 눈빛을 번뜩였다.

"과연 네가 네 말대로 협행을 하는지 두고 보지."

은연중 협행을 조장하는 용하술의 발현! 루델은 어색하게 웃었다.

"그거야 물론이죠. 두 눈 크게 뜨고 지켜봐 주세요. 호호호."

"아무튼 이후로 또다시 불손한 태도를 보이다 걸리면 최소한 어제 보다 두 배 정도 더 맞을 것이다."

"두, 두 배나요?"

루델은 기겁했다. 치가 떨릴 정도로 끔찍했던 그 고통이 두 배가 된다니. 그것은 상상하기 힘든 일이었다. 샤크가 사악해 보이는 미소를 지었다.

"솔직히 말하면 나는 네가 불손한 태도를 좀 보여주길 기다리고 있지. 요새 손이 꽤 근질근질해서 말이야."

"천만에요. 그런 일은 절대 없을걸요. 후후후."

의외로 루델은 여유롭게 웃었다. 이후로 놀랍게도 그녀는 그야말로 완벽한 공손함을 보여주었다. 샤크가 그녀에게 그 어떤 꼬투리를 잡고자 해도 잡을 수 없을 만큼, 불손함이란 한 터럭도 보이지 않았다.

그러나 샤크는 알고 있었다. 루델은 샤크가 꼬투리를 잡지 못해 곤란해하는 모습을 은연중 즐기고 있다는 것을. 그런 식으로 그녀는 샤크에게 나름대로의 반항을 하고 있는 것이었다. 어찌 보면 귀여운 반항이기도 했다.

'그것참, 마족 부하를 데리고 다니는 것도 쉬운 일은 아니로군.'

마물들인 카치카들이나 크라케의 경우에는 웬만한 인간들보다 오히려 더욱 강한 의리와 충성심을 보여 주었다. 그러나 마족은 마물과 달리 쉽사리 충성을 맹세할 만한 존재가 아니었다. 비록 일시적으로는 구타나 위압에 복종할지라도 기회가 되면 언제든 딴마음을 품을 가능성이 농후한 것이다.

그나마 상급 마족들의 경우에는 샤크의 위압에 굴종하는 면이 어느 정도 보였지만, 환야에서 온갖 산전수전을 겪어 왔던 최상급 마족 루델은 달랐다. 샤크가 가공할 만한 구타술을 펼쳐 호된 정신 교육을 시켜도, 마물들처럼 샤크에게 절대적인 복종의 모습을 보여 주지는 않았다.

그것은 아마도 최상급 마족으로서의 자존심일 수도 있을 것이다. 혹은 최상급 마족이라는 존재들은 본래 그렇게 생겨 먹어서 그런 것일 수도 있었다.

그런 루델이 과연 협행을 할 수 있을까? 솔직히 회의적이긴 했다.

그래도 샤크는 일종의 실험 중이었다. 루델이 과연 배신하지 않고 끝까지 충성을 하며 협행을 추구할 것인가, 아니면 전생의 마교주 위지상처럼 어떤 식으로든 결국 다른 마음을 품어 뒤통수를 칠 것인가?

본래 샤크는 마물이건 마족이건 눈에 띄는 대로 모조리 죽여 버릴 생각이었다. 그들의 존재 자체가 인간들에게 재앙인 이상 소멸시켜 버리는 것이 가장 현명한 처사라 생각했기 때문이었다.

그러나 마물들인 카치카들이 보여준 기특한 의리와 충성심 등을 보며 샤크는 생각을 달리하게 되었다. 루델을 비롯한 마족들을 부하로 거두게 된 것은 바로 그 때문이었다.

*   *   *

먼터 왕궁의 대전.

먼터 왕국의 국왕인 페무르 4세가 어좌에 앉아 있었고 근위기사단장 스벤 공작, 왕국의 재상인 토비아스 공작을 비롯해 먼터 왕국의 대신들과 백작 이상의 영주들이 시립해 있었다.

침통한 표정의 페무르 4세가 입을 열었다.

"최근 산드리아 영지에서 벌어진 참사에 대해 짐은 심히 분노하고 있다. 감히 하찮은 천민 따위가 왕국의 후작을 죽이고 영주가 되었다는데 경들은 이를 어찌 생각하는가?"

그러자 왕국 북부의 영주 중 하나인 와엘 후작이 대답했다.

"전하! 한낱 하찮은 하급 병사 따위가 반역을 도모할 능력은 없다 생각하옵니다."

"하면 경은 누가 그런 짓을 했다 생각하는 것인가?"

"듣기로 산드리아 영지는 샤크라는 자의 영토가 되었다고 했습니다. 토니라는 하급 병사는 샤크의 하수인에 불과

할 뿐, 다른 성에서 벌어진 참사는 샤크가 주도해 벌인 반역극이었습니다."

"흠, 계속 말해 보라."

"그런데 소신이 그 샤크에 대해 알아보았는데, 자세한 관계는 모르지만 오마다 영지의 라우벤과 친분이 두터운 듯하였습니다."

순간 페무르 4세의 인상이 일그러졌다. 40대 후반의 후덕하면서도 온화한 인상을 지닌 그는 라우벤이라는 말만 들으면 평소와 달리 인상이 사나워진다.

리자드맨들을 토벌한 공로를 보아 봐주고 있을 뿐, 그로서는 라우벤에 대한 감정이 결코 좋지 않았다. 국왕 알기를 무슨 지나가는 오크 보듯 하는 건방진 놈이었으니까.

"역시 라우벤인가? 그놈이 배후에 있던 것인가?"

"그가 아니면 누구겠습니까?"

"그렇사옵니다. 이는 명백한 반역 행위이니 라우벤을 반역도로 선포하시고 산드리아 영지를 토벌해야 합니다."

"신의 생각도 그러하옵니다. 또한 오마다 영지의 영주인 롤란드 백작은 분명 라우벤과 한통속일 것이니 참수해야 하며, 그의 일가족은 물론 반역에 참여한 모든 이들을 참수해야 마땅하옵니다."

와엘 후작에 이어 다른 대신들도 이구동성으로 외쳤다. 순간 페무르 4세의 입가에 슬쩍 미소가 맺혔다. 그는 사실 이미 라우벤을 제거하기로 마음먹은 터였고, 지금의 회의는 그저 그것을 공론화시키기 위해 형식적으로 연 것뿐이었다.

그가 아무리 국왕이라 해도 라우벤을 임의대로 제거하기란 쉽지 않았다. 라우벤은 사악한 리자드맨들로부터 먼터 왕국을 구한 영웅이기 때문이다.

붉은 숲의 검사 라우벤!

왕국을 구한 위대한 영웅!

그러한 사실은 페무르 4세 역시 충분히 인정하고 있지만, 그에 따른 부작용이 심상치 않았다. 라우벤으로 인해 국왕과 귀족들의 위신이 땅으로 처박혔던 것이다.

먼터 왕국의 백성들은 국왕보다 라우벤을 더 대단하게 생각하고 그를 영웅이라 칭송했다. 붉은 숲의 검사 라우벤의 명성은 먼터 왕국뿐 아니라 클라우드 대륙 전역에 알려져 있을 정도였다.

다시 말해 클라우드 대륙에서 먼터 왕국의 국왕인 페무르 4세의 이름은 몰라도, 라우벤의 이름을 모르는 자는 거의 없다고 봐도 될 것이다. 그것이 페무르 4세로서는 못내

분했고, 자존심도 상했다.

 물론 그 역시 한때는 라우벤에게 공작의 작위까지 하사하며 자신의 품 안으로 들이려는 노력을 한 적도 있었다. 대륙 최강의 검사라 불리는 라우벤이 그의 충실한 수하가 되어 준다면, 먼터 왕국의 위상도 높아질 것이기 때문이다.

 그러나 라우벤은 단번에 그것을 거절했다. 그것뿐만 아니라 국왕 앞에서도 고개를 뻣뻣이 들고 있을 만큼 오만무도하기도 했다. 그러니 어찌 그가 라우벤에 대해 좋은 감정을 가질 수 있겠는가.

 그는 자신의 심복들인 일부 최상위 귀족들에게 라우벤에 대한 좋지 않은 소문을 퍼뜨리라 명했고, 그로 인해 일부 백성들은 라우벤이 반역을 도모한다고 믿고 있는 상황이었다.

 이러한 마당에 산드리아 영지에 실제 반역이 일어났으니, 이보다 기막힌 명분은 없으리라. 심복인 콘쿠르 후작이 죽은 것은 안된 일이지만, 그의 죽음으로 인해 페무르 4세는 오래도록 앓던 이를 뺄 수 있는 기회를 얻게 된 것이다.

 '라우벤! 건방진 놈 같으니. 이제 네놈은 끝이다.'

 그러나 그런 내심과 달리 페무르 4세는 짐짓 침중한 표정으로 말했다.

"경들의 의견은 알겠다. 하나 라우벤은 리자드맨들로부터 우리 왕국을 구한 영웅이 아닌가? 그동안 그가 벌인 공로를 보아서도 그를 반역도로 선포하는 것은 신중해야 할 것이다. 하여 묻노라. 경들 중에 혹 라우벤을 반역도로 선포하는 데 반대하는 이가 있는가?"

물론 당연히 없을 것이라 생각하지만 그래도 절차상에 필요한 질문이었다. 설령 실제로 라우벤을 반역도로 선포하는 데 반대하는 귀족이 있을지라도 지금 상황에 그런 말을 했다간 페무르 4세의 눈총을 사고 말 테니까.

대전은 잠시 고요했다. 역시 아무도 반대의 의견을 표하는 이가 없는 듯했다. 페무르 4세의 입가에 회심의 미소가 떠오를 찰나 누군가 불쑥 나섰다.

"전하! 아뢰옵기 황송하오나 신은 이 일에 심히 신중을 기해야 한다 생각하옵니다."

훤칠한 키를 가진 30대 초반의 사내. 그는 왕국 중북부에 위치한 파비안 영지의 신임 영주인 니콜라스 백작이었다. 그를 본 페무르 4세의 인상이 찌푸려졌다.

'무엄한!'

국왕 페무르 4세뿐 아니라 대전 내 상위 귀족들의 표정도 좋지 않았다. 니콜라스 백작은 선친이 병으로 죽자 작위를 이어받아 몇 개월 전 파비안 영지의 신임 영주가 된 자였다.

'쯧! 눈치가 저리 없어서야 원.'

'철모르는 신임 백작 따위가 나설 자리도 모르고 함부로 날뛰는구나.'

모두들 혀를 찼다. 심지어 니콜라스 백작을 향해 노골적으로 한심하다는 듯 눈치를 주며 노려보는 이들도 적지 않았다. 그러한 심정은 페무르 4세 역시 마찬가지였지만, 그는 짐짓 온화한 미소를 띠며 물었다.

"니콜라스 백작! 경은 지금 이 일에 심히 신중을 기해야 한다 하였나?"

"그렇사옵니다, 전하. 소신이 볼 때 얼마 전 벌어진 산드리아 영지에서 벌어진 참사에 붉은 숲의 검사 라우벤이 직접적으로 연관되어 있다는 그 어떤 증거도 없는 상황이옵니다. 이러한 상황에서 그저 섣부른 예측만으로 그를 반역도로 몰아가는 건 명분으로 보아도 맞지 않습니다."

그러자 와엘 후작이 그를 노려보며 외쳤다.

"답답한 생각을 하는군. 산드리아 영지의 참사를 주도한 샤크라는 자가 라우벤과 친밀한 관계를 유지하고 있음이 드러난 마당에 다른 어떤 증거가 필요하다는 것이오?"

그의 말에 국왕 페무르 4세는 물론 대전 안에 있는 모든 귀족들이 동조하는 표정을 지었다. 그러나 니콜라스 백작은 물러나지 않았다.

"일단 그들이 정말로 친밀한 관계인지에 대한 확실한 증거가 확보되어야 합니다. 그리고 설령 둘이 친밀하다 해도 문제이지요. 단지 그것만으로 산드리아 영지의 반역에 라우벤이 관여했다 보는 것은 억측일 수도 있지 않겠습니까?"

순간 와엘 후작은 일순 할 말이 없었다. 사실 그는 그저 들리는 소문에 의해 추측한 것일 뿐 그 소문이 사실인지는 확인하지 않았다. 설마 니콜라스 백작이 그것을 가지고 따질 줄이야.

"큭! 정황상 분명한데 그 어떤 증거가 필요할까!"

"정황상 분명하다는 것은 주관적인 견해일 수도 있습니다."

니콜라스 백작이 물러나지 않자 결국 와엘 후작은 발끈 화를 내고 말았다.

"니콜라스 백작은 어찌 반역도를 두둔하는 것이오? 혹시 라우벤과 무슨 친분이라도 있는 거 아니오?"

"그게 대체 무슨……."

니콜라스 백작은 어이없어하는 표정을 지었지만 와엘 후작은 비릿한 조소까지 머금으며 말을 이었다.

"누가 봐도 명백한 정황이거늘 오직 그대만 달리 보고 있으니 수상하게 여기는 것이 당연한 것 아니오. 그렇지 않사옵니까, 전하?"

와엘 후작의 말에 페무르 4세는 고개를 끄덕였다. 그는 이내 니콜라스 백작을 차갑게 노려보며 말했다.

"짐의 생각도 그러하다. 니콜라스 백작! 경은 대체 무엇 때문에 라우벤을 두둔하는지 그 이유를 소상히 밝히도록 하라. 마땅한 이유가 없다면 경이 그와 친분이 있는 것으로 간주할 것이다."

그러자 니콜라스 백작은 한숨을 내쉬고 말았다. 그는 물론 국왕을 비롯해 이곳 대전에 있는 거의 모든 대신들이 라우벤을 탐탁지 않게 여기고 있음을 잘 알고 있는 터였다. 그들은 설령 산드리아 영지에서 반역이 벌어지지 않았어도 모든 수단과 방법을 가리지 않고 라우벤을 제거하려 할 것이 분명했다.

따라서 지금 니콜라스 백작이 그것에 이의를 제기한 것은 사실상 무모한 행동이라 할 수 있었다. 국왕을 비롯해 왕국 최상위 귀족들 대부분의 눈 밖에 나는 행위였으니까.

그러나 그럼에도 불구하고 그는 나서야 했다. 그는 그 이유를 설명했다.

"전하! 현재 헬레이스 제국이 동부의 왕국들을 병합하고 있음을 모르시옵니까? 조만간 동부의 전쟁이 끝나면 그들은 서부로 눈을 돌릴 것입니다."

그 말에 페무르 4세가 시큰둥한 표정으로 대꾸했다.

"그게 어쨌다는 것인가? 클라우드 대륙 서부에서 먼터 왕국이 헬레이스 제국과 가장 친밀한 우방임을 그대도 모르지 않을 텐데 말이야."

헬레이스 제국이 동부의 왕국들을 병합하고 있음을 페무르 4세가 어찌 모르겠는가. 그러나 그는 제국이 친밀한 우방인 먼터 왕국을 병합하기 위해 전쟁을 일으킬 것이란 생각은 추호도 없었다.

"전하! 영원한 우방은 없사옵니다. 소신의 짧은 생각이오나, 헬레이스 제국은 분명 동부의 왕국들을 병합한 후 서부의 왕국들도 병합할 것이며, 당연히 먼터 왕국도 그 대상에 포함되어 있을 것입니다."

"경이야말로 쓸데없는 억측을 하는군. 그건 억측도 아닌 기우일 뿐이다. 아니 설령 그것이 사실이라 치지. 그것이 대체 라우벤과 무슨 관계가 있다는 것인가?"

"큰 관계가 있사옵니다. 붉은 숲의 검사 라우벤의 검술은 제국의 검사들도 심히 두려워한다 들었습니다. 따라서 라우벤이 본 왕국에 있는 한, 제국은 섣불리 본 왕국을 침범하지 못할 것입니다. 그가 본 왕국에 존재하는 것만으로 강한 전쟁 억지력을 발휘하기 때문입니다."

순간 페무르 4세가 코웃음 쳤다. 그는 차갑다 못해 섬뜩하기 이를 데 없는 눈빛으로 니콜라스 백작을 노려봤다.

"니콜라스 백작! 경의 생각은 심히 어리석다. 경의 말대로라면 하찮은 검사 하나가 본 먼터 왕국을 지켜 주고 있다는 말이로군. 그렇다면 짐과 이곳 대전에 모인 왕국의 귀족들은 모두 허수아비라는 말이 아닌가?"

"그것이 아니오라……."

니콜라스 백작은 당황한 표정을 지었다. 그는 결코 그러한 의도로 말한 것이 아니었다. 그저 섣부른 판단으로 라우벤을 제거하지 말고 장차 제국과의 전쟁에 대비해 그를 끌어안으라 말하고 싶었을 뿐이다. 그러나 그의 그러한 의도는 페무르 4세에게 그저 불순한 것으로 비춰졌다.

"경은 사악한 반역도를 두둔하기 위해 감히 왕가와 귀족들을 능멸하려 하는가? 짐은 경이 라우벤과 어떤 관계에 있는지 심히 의심스럽지 않을 수가 없구나."

"소, 송구하옵니다, 전하. 소신은 그저 왕국을 위해……."

"닥치라. 한마디만 더 한다면 짐은 경이 본 왕가를 위해 더 이상 아무런 충심을 가지고 있지 않다고 간주할 것이다."

쿠웅!

니콜라스 백작의 안색이 굳어졌다. 페무르 4세의 경고. 그것은 실로 엄중한 것이었다. 또다시 이의를 제기한다면 니콜라스 백작의 작위를 거두어들이고 영지의 재산을 몰수한다는 뜻이나 다를 바 없는 것이다. 결국 그는 침통한 표정으로 고개를 숙인 채 물러날 수밖에 없었다.

Chapter 6

제국의 그랜드 마스터

니콜라스 백작이 뒤로 물러나자, 그 이후 누구도 라우벤을 반역자로 선포하는 일에 이의를 제기하지 않았다. 페무르 4세는 잠시 침묵했다가 입을 열었다.

"모두의 뜻이 다르지 않은 듯하니, 짐은 이 시간부로 라우벤을 먼터 왕국의 역적으로 선포하겠다. 이제 산드리아 영지와 오마다 영지에 주둔한 반역도들을 토벌하는 데 경들은 힘을 아끼지 말라."

"명을 받듭니다, 전하."

"현명하신 용단이옵니다, 전하."

대신들과 귀족들이 모두 찬성했다. 단 한 명 니콜라스 백작만이 그저 고개를 푹 숙인 채 아무 말도 하지 않았을 뿐이다. 페무르 4세는 그런 니콜라스 백작을 힐끗 노려보고는 다시 말을 이었다.

"짐은 이제 와엘 후작을 사령관으로 하는 토벌대를 편성하려고 한다. 그를 따라 토벌대에 합류하고자 하는 이들은 뜻을 밝히도록 하라."

"미력하나마 소신이 병력을 보태겠습니다."

"이때만을 기다렸사옵니다, 전하."

"소신도 한 손 거들겠습니다."

각지의 영주들이 앞다투어 토벌대에 합류하겠다는 뜻을 밝혔다. 반역도를 해치우는 데 큰 공을 세우면, 포상으로 승작이나 새로운 영지를 하사받을 기회가 올 수 있다는 기대 때문이었다.

그러나 니콜라스 백작은 여전히 고개만 숙이고 있을 뿐, 토벌대에 합류하겠다는 의사를 밝히지 않았다. 그는 사실 속으로 분통이 터져 미칠 지경이었다.

'제길! 왕국 남부에 리자드맨들이 난리를 칠 때는 잠잠하던 자들이 어찌 왕국을 구한 영웅을 죽이는 데는 앞장선다는 말인가? 나는 도무지 저들의 생각을 이해할 수 없구

나.'

 니콜라스 백작은 왕궁과 중앙 귀족들이 직접 리자드맨 토벌대를 편성해 맞서 싸워야 한다고 주장하던 이였다. 그러나 페무르 4세와 대신들은 그의 의견을 가볍게 묵살해 버렸다. 그럴 여력이 없다는 이유였다.

 그러한 그들이 오히려 영웅 라우벤을 죽이는 데는 모두가 적극적이었다. 그 사이 합류를 약정한 병력의 규모만 무려 10만이 훌쩍 넘은 상태. 만일 이 병력이 리자드맨 토벌대로 진작 편성되었다면 먼터 왕국 남부가 그토록 처참한 지경이 되지는 않았을 것이다.

 '통탄스럽구나. 왕국이 어쩌다 이 꼴이 된 건지.'

 니콜라스 백작은 오늘의 일로 자신이 국왕과 대신들의 눈 밖에 났음을 알고 있었다. 그러나 그보다 더욱 우려되는 일이 먼터 왕국의 미래였다. 이대로 가다간 수십 년 내로, 어쩌면 그보다 훨씬 빠르게 클라우드 대륙에서 먼터 왕국이란 나라는 사라져 버릴 수도 있기 때문이었다.

 그런데 그렇게 힘이 쫙 빠진 채 침통해 하고 있는 그의 두 눈에 이상한 인물이 하나 눈에 띄었다. 짙은 흑발을 가진 장신의 청년이었다. 은은한 붉은빛을 띠고 있는 그의 두 홍채가 왠지 신비로워 보였다.

'저자는 누구지?'

어쩌면 그가 알지 못하는 귀족 중 하나일 수도 있겠지만, 그랬다면 그가 진작 알아봤을 것이다. 무엇보다 키가 무려 2로빗이 넘어가는 장신의 청년이라면 더더욱 눈에 띄었을 텐데, 단연코 그로서는 처음 보는 인물이었다.

더욱이 괴이한 것은 청년의 존재를 다른 이들은 전혀 눈치채지 못하고 있다는 것. 그가 마치 산책을 하듯 대전 안을 거닐고 있었지만, 국왕 페무르 4세를 비롯해 대전 안의 누구도 청년을 의식하는 이가 없었다.

'이상하군. 혹시 내가 헛것을 보는 건가?'

니콜라스 백작은 손등을 들어 눈을 비빈 후 청년을 다시 쳐다봤다. 순간 청년이 힐끗 고개를 돌려 니콜라스 백작을 쳐다보더니 보일 듯 말 듯 입가에 미소를 지었다. 어리둥절한 표정으로 고개를 갸웃거리는 니콜라스 백작의 귓전으로 냉랭한 음성이 파고들었다.

"왜 대답이 없는 건가, 니콜라스 백작? 경은 정녕 토벌대에 참여하지 않을 생각인가?"

다름 아닌 페무르 4세의 노기 띤 음성이었다. 니콜라스 백작이 잠시 괴청년을 쳐다보며 놀라고 있는 사이 페무르 4세가 그에게 질문을 했던 것이다. 그는 딴 데 정신이 팔려

미처 듣지 못했기에, 황급히 허리를 숙이며 외쳤다.

"전하! 모두가 참전하는데 어찌 소신만 빠질 수 있겠사 옵니까? 하나 한 가지 우려가 되는 것이 있습니다. 붉은 숲의 검사 라우벤의 불가사의한 검술 실력을 당해 낼 만한 자가 토벌대에 없다면 피해가 매우 극심해질 것이니, 이에 대한 대책을 강구해야 할 것입니다."

그 사이 토벌대에 합류한 귀족들의 병력은 10만을 훌쩍 넘어서 20만에 육박했다. 그러나 니콜라스 백작은 라우벤을 단순히 수적인 우위로 이기기란 쉽지 않음을 알고 있던 바였다.

그가 알기로 라우벤은 소드 마스터였다. 그것도 이미 10여 년 전부터 명성을 날리던 소드 마스터! 그런 그의 실력이 최근 들어서는 더욱 강해졌을 것임은 자명한 사실.

리자드맨들이 나타났을 때 먼터 왕국에서는 사실상 손도 못 써보고 전전긍긍하고 있었다. 왕국의 남부가 초토화되는 와중에도 국왕과 중앙 귀족들은 헬레이스 제국에 지원 요청이나 보내는 한심한 작태를 부리고 있지 않았던가.

그런 막강한 리자드맨 군단을 단신으로 궤멸시킨 이가 바로 라우벤이다. 그런 그를 단순히 먼터 왕국에서 병력의 우세만 믿고 제압하려 한다는 것은 심히 어리석은 일이 아닐 수 없었다. 자칫하다간 왕국에 돌이킬 수 없는 재앙이 벌어질 수도 있는 것이다.

그러나 그러한 니콜라스 백작의 우려를 페무르 4세가 이미 알고 있다는 듯 의미심장하게 웃으며 입을 열었다.

"어리석군. 짐이 그만한 대비도 하지 않았을 것 같은가? 물론 라우벤을 상대할 자는 따로 있다. 그렇지 않아도 경들에게 그를 소개하려고 했지."

페무르 4세는 대전의 뒤쪽을 쳐다보며 손짓을 했다. 그러자 허리에 롱 소드를 찬 건장한 체격을 지닌 한 명의 사내가 저벅저벅 들어왔다. 그는 이내 멈춰 서더니 한쪽 무릎을 꿇어 예를 취했다.

"헬레이스 제국의 요나스 후작, 먼터 왕국의 페무르 4세 국왕 전하를 배알합니다."

"어서 오라, 요나스 후작."

페무르 4세의 입가에 빙긋 미소가 떠올랐다. 동시에 대신들과 귀족들은 일제히 깜짝 놀라는 표정을 지었다.

요나스 후작이라니!

그는 헬레이스 제국 검사들 중 세 손가락 안에 드는 검사이자 소드 마스터였다. 아니, 일설에 의하면 몇 년 전 마스터의 경지를 초월해 그랜드 마스터의 경지에 이르렀다고도 했다. 그런 그가 먼터 왕국에 온 이유는 무엇일까?

요나스 후작이 입가에 미미한 미소를 띠우며 말했다.

"위대하신 헬레이스 제국의 황제 폐하께서는 먼터 왕국이 제국의 가장 친밀한 우방이라 하셨습니다. 따라서 먼터 왕국이 처한 어려움을 모른 척할 수 없으니 저로 하여금 간악한 반역도를 주살하라 명하셨지요."

"오, 폐하께서 정녕 그런 말씀을 하셨단 말인가?"

"그렇사옵니다, 전하. 폐하께서는 제국의 가장 친밀한 우방인 먼터 왕국이 먼저 변심을 하지 않는 한, 먼터 왕국을 향해 제국이 검을 겨누는 일은 결단코 없다 하셨습니다."

그러자 페무르 4세의 안색이 환해졌다. 대륙 최강의 국가인 헬레이스 제국의 황제가 한 말이다. 먼터 왕국이 제국과 가장 친밀한 우방이라고!

이는 페무르 4세에게 강한 힘을 실어 주는 말이었다. 특히 니콜라스 백작처럼 제국이 조만간 먼터 왕국을 침략할 것이라 말하는 이들의 주둥이를 봉합시켜 버릴 수 있을 만큼.

그때 요나스 후작이 말을 이었다.

"먼터 왕국에 붉은 숲의 검사 라우벤이라는 자가 있다는 말은 이전부터 들었지요. 국왕 전하께서는 이제 곧 그의 최후를 보게 될 것입니다. 혹자들은 그가 대륙 최강의 검사라며 칭송을 마지않지만, 그것이 얼마나 터무니없는 헛소리에 불과한 것이었는지는 곧 증명이 될 것입니다."

그러자 페무르 4세가 고개를 끄덕였다.

"경이 있어 든든하군. 부디 역적 라우벤을 쓰러뜨려 주게. 라우벤만 쓰러뜨려 준다면 나머지 잔당은 토벌대에서 처리할 것이네."

"다만 하나 청이 있습니다, 전하."

"말해 보라. 설령 무리한 부탁일 지라도 경이 원하는 무엇이든 들어 주도록 하겠다."

"다름이 아니오라."

요나스 후작은 힐끗 니콜라스 백작을 쏘아보고는 다시 페무르 4세를 향해 말했다.

"위대한 헬레이스 제국의 황제 폐하께서는 제국과 먼터 왕국의 친밀한 동맹 관계를 저해하는 이들이 있음을 알고 심히 우려를 표하셨습니다."

"무엇이!"

페무르 4세의 안색이 굳어졌다. 왕국 내에 제국과의 동맹 관계를 저해하는 이들이 있다니, 이는 있을 수 없는 일이었다. 그는 왠지 요나스 후작이 공연한 트집을 잡는 것이 아닌가 싶었다. 그러다 그는 문득 한 가지 짚이는 것이 있어 물었다.

"경은 지금 혹시 니콜라스 백작을 말하는 것인가?"

요나스 후작이 차갑게 웃으며 대답했다.

"그렇사옵니다, 전하. 아뢰옵기 황송하오나 제가 듣건대 그는 먼터 왕국에 대한 헬레이스 제국의 선한 의도를 왜곡하여 두 국가 간 분쟁을 일으키고자 하는 간악한 흑심을 품고 있었습니다. 이는 국왕 전하는 물론이요 황제 폐하마저 능멸하는 행동이 아니겠습니까? 부디 전하께서 현명한 용단을 내려 주시길 바랍니다."

"으음."

페무르 4세는 침음성을 흘렸다. 물론 그 역시 눈엣가시 같은 니콜라스 백작을 없애고 싶은 심정이긴 했다. 그렇지 않아도 적당한 명분을 내세워 니콜라스 백작의 입지를 좁히거나 여차하면 제거할 생각이었으니까.

다만 그것은 어디까지나 국왕인 그가 결정하고 판단할 일이었다. 그것을 타국의 귀족이 은연중 강요하는 일은 있어서는 안 되었다. 이는 사실상 국왕인 페무르 4세를 모욕하는 것임과, 동시에 내정 간섭을 하는 것이 아니겠는가.

본래라면 마땅히 거절해야 할 일이었다. 아니, 거절 정도가 아니라 심히 분노해야 할 일임이 맞았다. 그러나 페무르 4세는 그것이 불가능함을 알고 있었다. 지금 요나스 후작의 비위를 거스르는 것은 제국과 척을 지겠다는 것과 마찬가지인 상황인 것이다.

그렇다 보니 재상 토비아스 공작은 물론이요 지척에서 국왕을 보호해야 할 근위기사단장 스벤 공작도 잠자코 있었다. 아무리 헬레이스 제국과 요나스 후작이 두렵다 한들, 적어도 국왕이 모욕을 당하는데도 나서지 않는 이유는 그들의 뜻 또한 요나스 후작과 같기 때문이리라.

그뿐인가? 대전에 있는 그 어떤 대신이나 영주들도 요나스 후작의 말에 이의를 제기하는 이가 없었다. 이것이 먼터 왕국이 처한 참혹한 현실이었다. 애송이 니콜라스 백작만 모르고 있는. 페무르 4세는 비릿한 미소를 지었다.

'어쩔 수 없지. 이는 그가 자초한 일이다.'

현실을 모르고 그저 이상에만 불타고 있는 어리석은 자의 말로. 페무르 4세는 니콜라스 백작이 스스로 화를 자초한 것이라 여겼다. 그는 이내 무겁게 고개를 끄덕이며 말했다.

"경의 뜻이 무엇인지 알겠다. 조만간 니콜라스 백작은

그에 응당하는 징계를 받게 될 것이다."

"실로 적절하신 용단이옵니다, 전하."

요나스 후작의 입가에 슬쩍 미소가 맺혔다. 동시에 그는 힐끗 니콜라스 백작을 노려보며 비웃음을 흘렸다.

'니콜라스 백작! 그대는 먼터 왕국에서 그나마 정신이 제대로 박혀 있는 유일한 자다. 그래서 죽어야 한다. 그대 같은 자가 살아서 정계를 주도하면 실로 귀찮아지기 때문이지.'

헬레이스 제국은 두 가지 지배 방침을 가지고 있었다. 하나는 물리적 공격 즉, 전쟁을 통해 인접한 왕국들을 복속시켜 버리는 것으로 황제뿐 아니라 제후들도 가장 선호하는 방식이었다.

그러나 먼터 왕국처럼 거리상으로 멀리 떨어져 있는 나라의 경우는 전쟁을 통해 얻는 실익이 그다지 없다고 봐야 했다. 장거리 원정을 위한 보급도 만만치 않을 뿐만 아니라, 정벌 이후에 통치하는 것도 쉬운 일이 아니었다.

다시 말해 먼터 왕국이 헬레이스 제국에 먼저 선전포고를 하는 식의 도발이 있지 않고서는 굳이 전쟁을 일으킬 필요가 없었다. 오히려 적당히 달래서 조공이나 바치게 만드는 것이 제국으로서는 훨씬 유리했다.

즉, 친밀한 우방임을 강조해 사실상의 속국으로 만들어 버리는 것. 이것이 제국의 두 번째 지배 방침이었다. 먼터 왕국은 바로 이 두 번째 방침에 해당하는 나라였다.

따라서 제국은 먼터 왕국 내부에 친제국파를 만들어야 하고, 그들로 하여금 정계를 주도하게 해야 했다. 물론 그와 같은 공작은 이미 10여 년 전부터 이루어진 터였다.

대표적인 친제국파는 놀랍게도 페무르 4세였다. 당시 정치적 기반이 약했던 페무르 4세가 국왕이 될 수 있었던 것도 제국의 협조로 인한 것이었다.

따라서 니콜라스 백작과 같은 자가 아무리 바른말을 해봤자, 애당초 씨도 먹히지 않을 상황이었다. 그렇다 해도 요나스 후작은 니콜라스 후작을 그대로 놔둘 수 없었다.

'별것 아니라 생각해 놔두었던 작은 불씨가 나중에 큰불을 내는 법. 그때 가서 번거로운 일이 벌어지지 않도록 작은 불씨는 미연에 제거해 버리는 것이 현명하지.'

그러한 요나스 후작의 내심을 마치 투명한 우물을 보듯 모조리 꿰뚫고 있는 이가 하나 있었다. 물론 그는 니콜라스 백작이었다.

'으득! 이 무슨 참담한 상황인가?'

그는 매우 분노했다. 국왕을 능멸하고 내정간섭을 하는

요나스 후작의 행위도 미웠지만, 마땅히 분노해야 할 상황에 그 누구도 분노하지 않는 것이야말로 실로 통탄스럽기 그지없었다.

어째서 누구도 분노하지 않는가? 어째서 아무도 나서지 않는 것인가? 설마 지금 상황이 모두들 정상이라 생각하는 것일까?

그럴 리는 없었다. 모두 내색을 하지 않을 뿐, 속으로는 분명 분개하거나 침통하고 있을 것이 분명했다. 다만 그것을 드러냈다간 큰 봉변을 당할 것이기에 그저 속으로 삭이고 있을 것이리라.

그러나 그들과 달리 니콜라스 백작은 참기 힘들었다. 그로 인해 그는 이제 자신과 자신의 가문에 파멸이 도래했음을 알고 있었지만.

'모두에게 미안하다. 하지만……'

그가 그냥 입 다물고 잠자코 있었다면 오지 않을 파멸이었다. 그 역시 가문과 가속들을 생각해서라도 가급적 참으려 했다. 그러나 왕국의 참담한 상황을 보니 피가 거꾸로 치솟아 오르는 것 같아 참을 수가 없었다. 곧바로 그는 이글거리는 시선으로 요나스 후작을 노려보며 크게 외쳤다.

"요나스 후작! 심히 무엄하오. 그대가 아무리 헬레이스 제국의 후작이라 한들 어찌 국왕 전하께 이토록 무례할 수 있단 말이오."

모욕을 당하고도 분노하지 않는 자들만 있는 곳에서 유일하게 분노를 터뜨리는 자가 나타났다. 그러자 요나스 후작의 입가에 냉소가 돌았다.

"흐! 니콜라스 백작! 경이야말로 분수를 모르고 떠드는군. 경은 경이 처한 현실을 모르는가?"

"내가 처한 현실?"

"그렇다. 경이 귀족으로서 누려왔던 부와 권력은 지금까지일 뿐이다. 경은 감히 헬레이스 제국의 황제 폐하를 능멸한 죄를 범했으니, 이제 경이 가진 모든 특권은 사라질 것이다. 경은 참수될 것이며 경의 가속들은 모조리 노예가 되어야 할 것이다."

그랜드 마스터인 요나스 후작으로부터 숨 막힐 듯한 기세가 뿜어져 나왔지만, 니콜라스 백작은 사력을 다해 버티며 당당히 외쳤다.

"그거야 먼터 왕국의 국왕 전하께서 결정하실 일이지 당신이 상관할 바가 아니오."

"경은 잘 모르는군. 나의 뜻이 곧 국왕 전하의 뜻이다. 그렇지 않사옵니까, 전하?"

요나스 후작은 고개를 들어 페무르 4세를 향해 물었다. 페무르 4세는 흠칫했으나 이내 생각할 것도 없다는 듯 고개를 끄덕였다.

"그러하다. 니콜라스 백작! 더 이상의 망언을 허락지 않겠다. 경은 뒤로 물러나 처벌을 기다리도록 하라."

망언을 하지 말고 뒤로 물러나 처벌을 기다리라니. 그것이 다름 아닌 국왕의 입에서 나온 말이었다.

"하오나 전하……!"

"그 입을 다물라 하지 않았나? 뭣들 하느냐? 저놈을 당장 밖으로 끌어내지 않고."

페무르 4세가 노기 띤 음성을 발했다. 근위 기사들이 다가와 니콜라스 백작을 끌고 바깥으로 나가려 했다. 그때 요나스 후작이 그들을 가로막았다. 그는 페무르 4세를 향해 차갑게 웃으며 말했다.

"국왕 전하의 뜻이 그러하다면 굳이 내보낼 이유가 있겠습니까? 저는 감히 위대하신 헬레이스 제국의 황제 폐하를 능멸한 죄를 물어 이 자리에서 니콜라스 백작을 처단하고자 합니다."

요나스 후작은 어느새 검을 빼 들고 있었다. 아무리 제국의 후작이라 해도 일국의 국왕 앞에서 허락 없이 검을 빼

들다니. 이는 결코 용납할 수 없는 일이었다.

그러나 페무르 4세를 비롯해 그 누구도 그에 대해 문제를 제기하지 않았다. 오히려 모두 요나스 후작의 눈치를 볼 뿐이었다.

그랜드 마스터인 요나스 후작이 검을 빼 들었다는 것! 이는 그가 작정하면 이곳 대전에 있는 그 누구라 해도 죽일 수 있음을 뜻했으니까. 모두들 요나스 후작과 눈도 마주치지 않으려 고개를 숙이거나 시선을 돌려 버렸다.

별다른 반대가 없자 요나스 후작은 오연한 미소를 지으며 니콜라스 백작을 향해 다가왔다. 그는 사실 자신이 매우 무례한 행동을 하고 있음을 알고 있지만, 어차피 속국에 불과한 먼터 왕국의 국왕과 휘하 영주들에게 이것을 계기로 극도의 공포심을 각인시켜 줄 작정이었다. 감히 제국에 반기를 든다는 생각 따위는 하지 못하도록.

'잘 가게, 니콜라스 백작. 자네에게 개인적인 유감은 없네만 제국을 위해 자네는 사라져 줘야겠어.'

요나스 후작이 들고 있는 롱 소드의 검신에서 기다랗고 짙푸른 오러의 광채가 피어났다.

츠으으웃!

이글거리는 오러의 광채는 실로 눈부시도록 아름다웠지

만 그만큼 섬뜩했다. 그랜드 마스터만이 생성할 수 있는 강렬한 오러의 광채! 이제 그것이 니콜라스 백작의 몸을 갈기갈기 찢어 버릴 것이다.

'으득! 분하다.'

죽음이 임박한 상황에 두려워 떨 만도 하지만, 니콜라스 백작은 두 눈을 부릅뜬 채 오연히 버텨 섰다. 죽음 앞에서도 끝까지 비겁한 모습을 보이지 않는 그의 모습에 요나스 후작은 새삼 감탄했다.

'죽이긴 아깝군. 그러나 이것도 운명이지. 소국에 태어난 것을 탓해라.'

곧바로 요나스 후작은 검을 휘둘렀다. 그의 검이 니콜라스 백작의 목을 갈라 버렸다. 아니, 갈라 버리려 했다.

'이게 어찌 된?'

요나스 후작은 깜짝 놀랐다. 마땅히 공간을 갈라야 할 그의 검이 뭔가에 가로막힌 듯 멈춰 버렸던 것이다. 그런데 그 검을 가로막고 있는 것은 하나의 손가락이었다.

이는 도저히 있을 수 없는 일이었다. 그의 검에 피어난 광채는 그 무엇이든 갈라 버릴 수 있다는 오러 블레이드의 단계를 넘어선 그랜드 마스터의 궁극 경지! 이른바 인텐스 오러 블레이드라 불리는 것이 아닌가?

그런 인텐스 오러 블레이드에 손가락을 가져다 대고도 멀쩡한 자가 존재할 줄이야. 그것도 단순히 손가락을 갖다 댄 것이 아니라, 쾌속하게 날아드는 인텐스 오러 블레이드를 손가락으로 막아 낸 것이었다.

'내가 지금 꿈을 꾸는 것인가?'

너무도 황당하면서도 어이없는 상황에 직면하자 요나스 후작은 일순 멍해졌다. 그의 상식으로는 도저히 이해할 수 없는 일이 벌어졌기 때문이었다. 그러나 그에 대한 의문을 느낄 새도 없이 그는 복부에 육중한 충격을 느끼며 고꾸라져야 했다.

퍽!

그저 가볍게 툭 건드린 것 같았는데 요나스 후작은 복부가 찢어질 뿐 아니라 마나홀이 붕괴되어 버리는 가공할 고통을 맛보았다.

"쿠어어억—!"

마나홀의 붕괴! 그로 인해 그가 평생 쌓아 온 마나가 산산이 흩어져 버렸다. 전신이 찢어질 것 같은 고통보다 그것이 요나스 후작에게는 더한 고통이었다. 제국의 당당한 그랜드 마스터였던 그가 평범한 인간보다 못한 폐인으로 전락하는 순간이었다.

"쿠, 쿠어어억! 너, 너는 누구냐……?"

요나스 후작은 간신히 일어나 앉으며 불신 어린 눈빛으로 청년을 노려봤다. 그러자 청년이 싸늘히 대꾸했다.

"샤크."

"샤크?"

"내가 누군지 물어보지 않았나? 그것이 내 이름이다."

청년은 다름 아닌 샤크였다. 그는 진작부터 먼터 왕국의 대전에 들어와 국왕과 대신들의 회의를 지켜보고 있었다. 그가 마치 산보하듯 대전 안을 거닐고 있었지만 아무도 알아채지 못한 이유는, 신묘막측한 그의 은신비기인 무극무영신(無極無影身)을 펼쳤기 때문이었다.

이른바 절대은신법이라 불릴 수 있는 무극무영신을 간파하려면 샤크와 비슷한 수준이거나, 혹은 상위의 능력을 지닌 자여야만 가능했다. 그러다 보니 헬레이스 제국의 그랜드 마스터라는 요나스 후작조차 대전에 누군가 다른 존재가 있을 것이라고는 상상도 못했던 것이다.

그런데 니콜라스 백작은 어떻게 샤크의 모습을 보았을까? 그것은 물론 샤크가 일부러 그의 시야에 들어가 눈에 띄도록 했기 때문이었다. 썩어빠진 먼터 왕국의 대신들과 영주들 중에서 샤크가 유일하게 마음에 든 인물이다 보니,

제국의 그랜드 마스터 155

짐짓 그런 식으로 모습을 드러내 긴장을 풀어 주었던 것이다.

사실 니콜라스 백작이 요나스 후작의 기세 앞에서도 오연히 버틸 수 있었던 것은, 샤크가 그를 향해 은은한 미소를 짓고 있었던 이유가 결정적이었다.

뭔가 여유로워 보이는 샤크의 모습과 그것을 전혀 알아차리지 못하는 요나스 후작을 보며 니콜라스 백작은 왠지 우스웠다. 특이하게도 그것이 그의 긴장을 풀어 주었다. 두려움은 사라지고 가슴이 두근거렸다.

지금도 마찬가지. 니콜라스 백작은 샤크가 고작 손가락 하나로 요나스 후작의 검을 막아 내는 경이로운 광경을 보고 경악과 동시에 가슴이 설레었다. 게다가 주먹질 한 번에 요나스 후작을 쓰러뜨렸으니! 그것은 그야말로 상식을 초월한 초자연적 현상이었으며, 흡사 꿈을 꾸는 듯 신비로운 광경이었다.

'어찌 손가락으로 인텐스 오러 블레이드의 검을 막아 낸다는 말인가? 저분이 대체 뉘기에?'

니콜라스 백작은 꿈을 꾸는 듯한 눈빛으로 샤크를 쳐다봤고, 국왕 페무르 4세를 비롯한 모든 인물들은 입을 쩍 벌린 채 경직되어 있었다. 그들은 도무지 이 상황을 어떻게 받아들여야 할지 알 수 없었다.

스윽.

그때 샤크가 고개를 돌려 국왕 페무르 4세를 노려봤다. 흑발 사이로 번뜩이는 홍채가 루비처럼 불그스름한 빛을 내뿜었다. 그것이 마치 핏빛의 광채처럼 느껴져 페무르 4세는 숨 막힐 듯한 공포를 맛보았다.

'허억!'

그는 덜덜 떨었다. 그저 눈이 마주치기만 했을 뿐인데 왜 이렇게 두렵고 절망적인 것일까? 모든 것을 자포자기하고 죽음만 기다리는 심정. 그는 아마도 개구리가 뱀과 마주쳤을 때 이런 기분이 들 것이란 생각이 들었다.

"그, 그대는 누군가?"

페무르 4세는 간신히 용기를 내어 물었다. 의미 없어 보이는 질문이었지만, 지금 상황에서 딱히 다른 말이 떠오르지 않았다. 순간 샤크가 인상을 살짝 구기며 대답했다.

"분명 내 이름을 방금 전 말했는데 못 들었나 보군. 그렇다면 다시 말해 주지. 샤크. 그것이 내 이름이다."

샤크! 그 이름을 듣는 순간 페무르 4세는 가슴에서 전율이 일어났다. 그러고 보니 그 이름이 결코 낯설지 않았다. 산드리아 영지에서 반역을 일으킨 신임영주 토니의 주인이 바로 샤크라고 했다.
 '샤, 샤크!'
 '저자가 바로 샤크?'
 대신들과 영주들의 안색도 딱딱하게 굳어졌다. 산드리아 영지의 반역도인 샤크가 어떻게 이 자리에 나타났단 말인가?
 그러나 단순히 나타난 것에 불과하다면 그리 놀랄 것도 없으리라. 문제는 그가 나타남과 동시에 헬레이스 제국의 그랜드 마스터인 요나스 후작이 쓰러졌다는 것. 놀랍게도 그는 단 일격에 요나스 후작을 제압해 버렸다.

Chapter 7

왕을 훈계하다

샤크는 자신이 이름을 밝히자 사색이 되는 이들을 쓸어보며 싸늘히 웃었다.

"이미 내가 누군지 대충 알고 있는 듯하니 따로 내 소개를 할 필요는 없겠군."

샤크는 바닥에 주저앉아 고통스러운 표정을 짓고 있는 요나스 후작을 내버려 둔 채 국왕 페무르 4세의 어좌를 향해 걸어갔다. 그 순간 샤크가 아무런 말도 하지 않았는데 페무르 4세가 벌떡 일어나 옆으로 비켜섰다.

착.

샤크는 마치 당연하다는 듯 어좌에 앉았다. 그가 힐끗 고개를 돌려 노려보자 페무르 4세는 움찔하더니 대신들이 시립해 있는 아래쪽으로 내려갔다.

이 대체 무슨 황당한 일인가? 왕이 어좌를 내주고 신하의 위치로 내려가다니. 그야말로 기괴한 장면이 아닐 수 없었다.

그러나 그것을 마치 당연하다는 듯 여기며 시립해 서 있는 페무르 4세를 비롯한 좌중의 대신들과 영주들의 모습이야말로 더욱 기괴하다고 할 수 있으리라.

물론 겉으로야 아무런 내색을 하지 않고 있을 뿐, 그들의 마음은 형언할 수 없는 두려움과 의문이 가득했다. 샤크가 대체 누구이기에 이토록 항거할 수 없는 미증유의 기운을 내뿜는 것인지 그들로서는 두 눈으로 보고도 알 수 없었다.

한 가지 확실한 것이 있다면 지금 상황에 말이라도 하나 헛나가거나 눈이라도 잘못 삐딱하게 마주칠 경우 어떤 불상사가 벌어질지 모른다는 것. 샤크가 아무런 협박도 하지 않았지만, 그들은 그저 본능적으로 자신들의 생애에 있어서 가장 위험한 상황이 도래했음을 눈치챈 터였다.

하긴 제국의 그랜드 마스터인 요나스 후작이 단 일격에 당했는데, 그것만으로도 이미 감이 오지 않겠는가. 아무리

둔한 사람이라 해도 샤크가 얼마나 무서운 존재인지 충분히 알 수 있을 것이다.

"간략하게 용건만 말하겠다. 오늘부로 먼터 왕국은 나 샤크의 소유가 되었다. 국왕의 자격이 없는 페무르 4세의 왕위를 박탈하며 모든 대신들의 직위도 박탈한다. 아울러 이 자리에 있는 영주들도 마찬가지다. 너희들의 작위는 사라졌고 영지 또한 모두 나의 소유로 귀속된다. 불만 있는 놈 나서라."

쿠웅!

순간 페무르 4세를 비롯한 모든 인물들의 안색이 딱딱하게 굳었다. 특히 페무르 4세의 표정이야말로 가관이었다. 공포심에 눌려 얼떨결에 어좌를 내주고 아래로 내려온 그는 지금 제정신이 아니었다. 그런데 왕위를 박탈한다고 하니 정신이 번쩍 들었다.

'마…… 말도 안 된다. 이런 일은 절대 있을 수 없다.'

그는 곧바로 대신들을 둘러보며 외쳤다.

"경들은 감히 왕권을 찬탈하려는 저 사악한 반역도를 두고 볼 셈인가? 속히 저 악도를 끌어내도록 하라. 스벤 공작! 지금 멀뚱히 서서 무얼 하는 것이냐?"

"며, 명을 받드옵니다, 전하."

근위기사단장 스벤 공작이 황급히 허리를 숙여 대답했다. 그는 곧바로 롱 소드를 빼 들고 샤크를 노려봤다. 그뿐 아니라 근위기사들과 다른 귀족들도 일제히 자신들의 무기를 빼 들었다.

처음에는 두려움과 공포에 눌려 나서지 못했지만, 귀족 작위 박탈과 동시에 영지마저 몰수한다니, 그것은 그들보고 죽으라는 소리가 아닌가? 그들은 사생을 결단하고 샤크와 싸울 태세였다. 샤크의 입가에 비릿한 조소가 피어났다.

"말로 해서 들으면 매는 안 들려고 했건만, 너희들이 결국 매를 자초하는구나. 하긴 지금껏 말로 해서 들은 녀석이 아무도 없었지."

말로 해서 들을 자들이었다면 애초부터 맞을 짓도 하지 않았을 것이다. 죽도록 맞아 봐야 자신들이 어떤 처지인지 알 수 있으리라. 샤크는 어좌의 등받이에 등을 기대고 느긋한 표정으로 말했다.

"루델!"

"예, 로드."

순간 대전에 세찬 바람이 일어나더니 흑발의 미녀가 나타났다. 대전 안이 환하게 밝아질 정도로 뇌쇄적인 미모를 가진 미녀의 등장에 모두의 안색이 경악으로 물들었다.

그러나 지금이 어디 미녀를 구경하고 있을 때인가? 다른 때였다면 미녀의 정체에 대해 궁금해 했겠지만, 상황이 워낙 다급했던 터라 페무르 4세 등은 다시 샤크를 향해 고개를 돌렸다. 새로 나타난 흑발의 미녀가 그들이 보기에는 별달리 위협이 되지 않는다 여겼기 때문이었다.

"사…… 사악한 악도여! 어서 어좌에서 내려오지 못하느냐?"

"무엄한 놈! 그 자리가 어디라고 앉아 있는 것이냐? 썩 내려오너라."

귀족들이 험한 눈빛으로 샤크를 향해 외쳤다. 그러나 그들은 말과 달리 섣불리 샤크가 앉아 있는 어좌 근처로 접근하지는 못했다. 심지어 스벤 공작을 비롯한 근위기사들도 발이 땅바닥에 얼어붙기라도 한 듯 그 자리에 경직되어 있었다.

'으으! 이럴 수가! 도저히 앞으로 발을 내디딜 수가 없다……'

근위기사단장 스벤 공작의 몸이 덜덜 떨렸다. 그래도 그는 소드 마스터의 경지에 근접한 왕국 최강의 검사가 아니었던가? 라우벤을 제외한다면 먼터 왕국에서 그보다 강한 실력의 검사는 없을 터였다.

그런 그가 샤크의 싸늘한 미소 한 번에 전의를 상실해 버렸다. 아무리 그랜드 마스터인 요나스 후작이 무력하게 당했다 하나, 어찌 검 한 번 휘둘러 볼 생각도 못 하고 이렇게 두려워 떨고만 있어야 하는 건가?

스벤 공작이 그런 상황이니 다른 귀족들은 오죽할까? 모두 기세 좋게 무기를 빼 들고 샤크를 공격할 자세를 취했지만, 하나같이 안색이 창백하게 질린 채 두려워 떨고만 있었다.

그때 샤크가 팔짱을 끼며 오연히 말했다.

"루델, 그럼 네가 협행을 얼마나 잘하는지 한번 보도록 하겠다."

그러자 루델의 입가에 기묘한 미소가 감돌았다. 그녀는 샤크가 의도하는 것이 무엇인지 단번에 간파한 터였다.

"우훗, 맡겨주세요. 이런 식의 협행이라면 세상 누구 보다 잘할 자신이 있어요."

그 말과 함께 그녀의 신형이 그 자리에서 번쩍 사라졌고 곧바로 스벤 공작 앞에 나타났다. 스벤 공작이 미처 그녀를 발견하기도 전에 그의 한쪽 뺨에 불이 났다.

쫘악!

"쿠억!"

그저 뺨 한 대를 맞았을 뿐인데 이토록 가공할 고통이 엄습해 올 줄이야.

퍽— 콰직!

비틀거리는 그의 복부에 루델의 주먹이 작렬했다. 계속해서 그녀의 무릎이 스벤 공작의 안면을 찍었다. 그리고 그것이 시작이었다. 연이어 숨 쉴 틈도 주지 않고 날아드는 무차별 구타의 공세에 노출된 스벤 공작은 졸지에 훈련용 목각 인형 신세가 되고 말았다.

퍼퍽! 콰직! 우드드득! 콱콱콱!

후려치고 찍고 밟고, 밟고 밟는다. 집어 들어 내던진 후 올라타서 무차별 난타! 누가 봐도 감탄이 나올 만큼 완벽한 구타의 현장! 그야말로 구타라는 것이 어떤 것인지에 대해 확실히 보여 주는 교본과 같은 장면이었다.

특히 루델의 광기서린 눈빛이 압권이었다. 물론 이는 백룡 구타술에 있는 수법 중 하나였다. 상대에게 육체적으로 고통을 가하는 데도 목적이 있지만, 심리적으로 두려움을 느끼게 만들기 위해서는 자신을 구타하는 자가 미쳐 있는 것 같다는 확신이 들게 해야 했다.

세상에 미친놈에게 맞는 것처럼 두려운 일이 있을까?

루델은 자신이 몸소 체험한 것을 기억했다가 써먹는 중이었다. 머리로 본 것은 쉽게 잊어도 몸으로 당한 것은 쉽게 잊기 힘들다. 하물며 백룡구타술의 조종(祖宗)이라 할 수 있는 샤크에게 직접 당했으니, 어찌 그 끔찍했던 기억을 잊을 수 있으리오.

루델은 흡사 샤크의 수제자라도 된 양 썩 훌륭한 백룡구타술을 구사하고 있었다. 물론 샤크가 보기에는 아직 부족한 감이 적지 않았지만, 그래도 어디 가서 자신의 제자라 하기에도 부끄러움 없는 실력이었다.

퍽퍽! 콱콱콱—

"케에엑! 아악! 아아아악!"

루델의 움직임은 바람과 같아, 그녀의 손과 발이 움직이는 모습을 알아보기란 쉽지 않았다. 그저 스벤 공작이 내지르는 비명 소리로 그가 끝없이 맞고 있다는 것을 미루어 짐작할 수 있을 뿐.

그런데 기이하게도 마치 시간이 정지라도 된 듯 대전 안의 인물들은 멀뚱히 멈춰 선 채, 스벤 공작이 참혹하게 얻어맞는 장면을 쳐다보고만 있었다.

보통 이런 상황이 벌어졌을 때 취할 행동은 크게 두 가지 중 하나이리라. 모두가 협공을 가해서 스벤 공작을 구해 주거나, 그것이 여의치 않다 여긴다면 달아나거나.

그러나 페무르 4세 등은 그중 어떤 것도 선택하지 못했다. 그들은 마치 도살을 기다리는 소들처럼 체념한 표정으로 서 있을 뿐이었다.

털썩.

만신창이가 된 스벤 공작이 정신을 잃고 쓰러졌다. 물론 그 사이 그는 수십 번도 더 정신을 잃었다가 강제로 깨어남을 반복했지만, 이번에는 루델이 그를 더 이상 깨우지 않았다. 그 이유는 샤크가 그쯤 했으면 됐으니 다음 녀석에게 형행을 펼치라 했기 때문이었다.

스윽.

루델이 고개를 돌려 좌중을 훑자 페무르 4세를 비롯한 모든 이들이 재빨리 눈을 아래로 내리깔았다. 심지어 그녀와 눈을 마주치지 않으려고 고개를 푹 숙이는 이들도 있었다.

루델은 마치 눈을 밟듯 사뿐사뿐 걸어 페무르 4세의 앞에 당도했다. 비로소 자신의 차례라는 것을 자각한 페무르 4세의 안색이 창백하게 변했다.

"으으, 뭐, 뭣들 하는 것이냐……."

그는 대신들과 영주들, 근위기사들을 향해 시선을 돌리며 빨리 자신을 구하라 외쳤지만 모두들 그의 말을 외면했다. 루델이 손가락을 두둑거리며 비릿한 미소를 지었다.

"너는 아직 네가 처한 현실을 모르는구나. 너는 이제 왕도 뭣도 아니야. 오늘 아침 풍성한 성찬을 먹을 때만 해도 이런 일이 벌어질지 몰랐겠지? 먼터 왕국이 너의 것이고 왕국에 속한 모든 이들이 네게 복종하는 것이 당연하다 여겼을 거야. 하지만 이제 그건 따사로운 봄날의 하룻밤 꿈처럼 허망하게 지났을 뿐이란다. 널 기다리고 있는 건 네 추악하고 탐욕스러운 과거에 대한 징벌뿐."

"부, 부디 말로······."

부디 말로? 그 말은 때리지 말고 말로 하자는 뜻? 꿈도 참 야무졌다. 루델은 코웃음 치더니 그대로 손을 뻗어 페무르 4세의 금빛 왕관을 벗겨 버렸다.

"겁나니? 그러게 좀 잘하지 그랬어. 리자드맨들로부터 너의 백성들이 고통을 당할 때 너는 뭘 하고 있었지? 수많은 이들이 착취당하고 억울하게 죽어가는 소릴 들었을 때는? 아까 보니 충신의 말은 아주 귓등으로 듣더구나. 네게 일국의 왕이라는 큰 특권이 주어졌다면 마땅히 네가 수행해야 할 소임이 있었을 텐데 말이지. 그러니까 너 혼자 잘 먹고 잘살자고 왕이 된 거야? 그런 거야?"

최상급 마족인 루델은 인간 세상이 어떻게 돌아가는지 잘 알다 못 해 빠삭했다. 원래 못된 짓을 하는 이들이 세상 돌아가는 상황을 더 잘 아는 법! 나쁜 짓에 있어서는 통달한 그녀가 착한 일이 어떤 것인지 모를 리 없었다.

다시 말해 그녀가 몰라서 착한 일을 안 한 것이 아니라 알면서도 하지 않았을 뿐이다. 따라서 한번 그녀의 입에서 협행에 관한 훈계가 시작되자 그것은 마치 유수처럼 끝없이 흘러나왔다.

그에 대해 페무르 4세는 뭐라고 반박하지 못했다. 딱히 반박할 말이 없기도 했지만, 루델의 음성에는 마족으로서의 섬뜩한 마력이 깃들어져 있는 터라 그는 정신이 나갈 지경이었다.

"오호호홋! 너희들도 마찬가지야. 남들은 죽건 말건 혼자서 배불리 잘 살겠다고 온갖 수단 방법을 가리지 않고 중상모략을 일삼는 녀석들! 어디 보자꾸나. 수많은 이들을 착취해서 쌓은 그 재물들이, 그 알량한 권력들이 오늘 너희들을 재앙에서 지켜 주는지 말이야."

루델의 음성은 대신들과 영주들을 향해서도 이어졌다.

"미리 경고하지만 너희들은 이제 끝났단다. 후회해도 소용없어. 너희들에게 남겨진 건 징벌일 뿐 관용 따윈 없거든. 혹시라도 앞으로 잘할 테니 용서가 어쩌고 하며 헛소리를 지껄여 볼 생각이라면, 그냥 입 닥치는 게 좋을걸. 안 그래, 토비아스 공작?"

그러다 그녀는 불쑥 왕국의 재상인 토비아스 공작을 향해 물었다. 그는 움찔하더니 재빨리 대답했다.

"당신이 무슨 일을 벌일지는 모르오만, 우리가 모두 사라지면 먼터 왕국은 큰 혼란에 빠지게 될 거요. 그리고 가능하면 말로 협상을 하는 게 어떻겠소?"

그러자 루델이 깔깔 웃었다.

"왕국이 혼란에 빠진다고? 너희들이 사라지면 이 나라가 망할 것 같니? 착각하지 마. 너희 말고도 왕 노릇, 귀족 노릇을 할 만한 이들은 수두룩하게 널려 있단다. 헛소리를 지껄였으니 너부터 시작하자."

"으……."

영혼을 파고드는 듯한 섬뜩한 마력이 담긴 음성에 토비아스 공작은 혼이 날아간 듯 공포에 질려버렸다. 그런 그의 머리채를 루델이 휘어잡아 바닥으로 사정없이 내동댕이쳤다.

콰당!

"크억!"

그때부터 시작이었다. 스벤 공작이 당했던 그대로 토비아스 공작도 맞았다. 누구 하나 덜 맞고 누구 하나 더 맞는 일 없도록 공평하게 한다는 것이 백룡구타술의 철칙. 왜 그런 괴상한 철칙이 생겼는지는 모르지만 루델은 몸으로 당해 봤던 그대로 가급적 충실했다. 물론 약간의 변화는 주었지만.

퍼퍼퍽— 우득! 콱콱콱!

"케엑! 아아악! 쿠어어! 사, 살려……카아악!"

왕국의 재상이 죽도록 맞고 있었다. 그런데도 누구 하나 말리는 이가 없었다.

"다음은 너!"

"크으아악!"

이어서 대신들과 영주들이 하나씩 같은 꼴을 당했다. 한 명 한 명 맞는 시간은 결코 짧지 않았기에 대신들과 영주들이 차례로 모두 맞는 데 걸리는 시간은 하루가 꼬박 넘게 소요되었다.

대전 도처에 만신창이가 된 대신들과 영주들이 널브러졌다. 예외가 있다면 아직 맞을 차례가 돌아오지 않은 페무르 4세, 그리고 구타에서 열외 대상이 된 니콜라스 백작뿐이었다. 심지어 마나홀이 파괴되어 한쪽에서 웅크리고 있던 요나스 후작도 구타의 대상에서 예외가 될 수 없었다.

그 모습을 샤크는 흡족한 미소를 띠고 지켜봤다. 혹시나 싶어서 한번 시켜 봤는데 루델은 생각보다 매우 쓸 만한 구석이 있었다. 특히 그녀가 페무르 4세와 귀족들을 훈계할 때는 샤크 역시 울컥 감정이 치솟아 오를 정도로 감동하기도 했다.

'후후, 마족이라 그런지 말은 꽤 잘하는구나.'

저대로라면 앞으로 협의지사로서의 루델을 기대해 봐도 좋을 듯했다. 마족협행(魔族俠行)이라! 세상에 이런 일이 벌어질 것이라 누가 상상이라 했으랴?

신비로운 세계 환야에는 온갖 기이한 일이 많이 벌어진다지만, 마족이 협행을 지키는 것이야말로 가장 기이한 현상이라 할 수 있다.

이제 마지막으로 맞을 자, 그는 다름 아닌 페무르 4세였다. 한때는 아니, 불과 어제까지만 해도 먼터 왕국의 국왕이었던 그는 꼬박 하루 동안 대신들과 영주들이 맞는 장면을 보고 공포에 떨어야 했다.

누가 그랬던가? 매도 먼저 맞는 게 낫다고!

페무르 4세는 그 말을 처절히 실감했다. 왕인 그가 어디 가서 맞을 일은 없었기에 지금껏 한 번도 생각해 본 적 없는 얘기였지만, 막상 당해 보니 그 말이 얼마나 진리인지 알 수 있었다.

기왕 맞을 매라면 일찍 맞는 게 좋았으리라. 다른 이들이 죽도록 맞는 장면을 볼 때마다 조만간 저 끔찍한 고통이 자신에게 가해질 것을 생각하니, 그로서는 그야말로 미쳐버리고 싶은 심정이었다.

그런 그를 향해 루델이 섬뜩하도록 차가운 눈빛을 보내며 말했다.

"이제 너도 느껴보아라. 힘없는 자의 무력함을!"

곧바로 그녀는 페무르 4세의 머리채를 휘어잡아 바닥에 내팽개쳤다.

콰당!

"흐어억!"

그때부터 시작이었다. 앞서 대신들과 영주들이 맞았던 그대로 페무르 4세는 맞았다. 정말로 공평하게! 그런 면에 있어서는 그야말로 깔끔할 만큼 철저한 루델이었다.

그렇게 잠시의 시간, 지켜보는 샤크에게는 무료했지만 페무르에게는 생애 더 할 수 없는 지옥 같은, 그 시간이 지나갔다. 다른 이들과 마찬가지로 만신창이가 된 페무르 4세는 혼절한 상태로 대전 바닥에 널브러져 있었다.

본래 이때가 되면 가장 먼저 맞은 사람이 정신을 차리고 일어나야 하며, 그런 식으로 다시 순차적으로 구타가 일어나도록 하는 것이 백룡구타술의 묘미라 할 수 있지만, 루델은 아직 그토록 난해한 경지에 이르지는 못했다. 그래도 그녀는 모처럼 몸을 풀었다는 듯 신이 나는 표정이었다.

"협행을 마쳤어요, 로드."

"조금 미숙하긴 했다만 대충 지켜볼 만한 것 같구나. 앞으로를 기대하지."

완벽하게 했다 생각했는데 미숙하다고? 그렇다면 대체 어떻게 해야 완벽한 것일까? 루델은 내심 궁금했지만 굳이 의문을 표하고 싶지 않았다. 샤크는 분명 몸으로 깨달아야 한다고 말할 것이고, 그것이 무엇을 의미하는지 루델은 누구보다 잘 알고 있었던 것이다.

루델은 공연히 봉변을 자초하고 싶지 않았다. 대충 이 정도로 만족하면 되리라. 완벽 따위가 뭐가 중요한가? 그래도 앞으로 지켜볼 만은 하다고 칭찬을 받았으니 다행이었다.

그때 니콜라스 백작은 대전의 한쪽에서 이러지도 저러지도 못 한 채로 어색하게 서 있었다. 지난 하루는 그에게도 고통이 아닐 수 없었다. 루델이 대신들을 구타하는 와중에 힐끗 그를 노려보며 너는 안 맞을 테니 걱정 말라고 말하긴 했지만, 아무리 그래도 어찌 걱정이 되지 않겠는가?

그리고 모두가 맞고 있는데 혼자만 맞지 않는 것이 과연 마음이 편한 일일까? 아무리 못마땅하다 해도 그가 섬기는 국왕과 대신들, 그리고 왕국의 영주들이었다. 그들이 죽도록 맞는 장면을 보는 것은 매우 마음이 불편하면서도 서글펐다.

세상에 왕이 저토록 맞는 경우가 어디 있다는 말인가? 비록 루델이 구구절절 옳은 소리를 하면서 구타를 한다지만, 니콜라스 백작으로서는 자신의 주군이 매를 맞는 장면을 보며 울분을 터뜨리지 않을 수 없었다.

그러나 그는 나설 수 없었다. 니콜라스 백작이 개구리라면 루델은 뱀이었다. 그저 쳐다보기만 해도 숨이 탁탁 막히는 끔찍한 두려움이 엄습해 오는데 어찌 나설 수 있겠는가.

하루를 그러고 있으니 생리현상도 문제였다. 소변을 참다 보니 대변까지 급박한 신호를 보내오는 등 그로서는 나름대로 악전고투를 겪는 중이었다.

그때 샤크가 고개를 돌려 니콜라스 백작을 쳐다봤다.

"니콜라스 백작! 이제 나는 너를 이곳 먼터 왕국의 국왕으로 임명하려고 한다. 그에 대한 너의 의중을 묻고 싶구나."

샤크는 대전에서 열리는 회의를 처음부터 지켜보았다. 페무르 4세를 비롯해 귀족들 중 대부분이 싹수가 노랗다는 것은 이미 들어 알고 있었지만, 그래도 혹시 쓸 만한 녀석이 하나라도 있는지 알아보기 위함이었다.

그러다 눈에 들어왔던 이가 바로 니콜라스 백작이었다.

자신에게 불이익이 생긴다는 것을 알면서도 국왕에게 충언과 직언을 서슴지 않았던 그는, 다른 이들이 볼 땐 심히 어리석은 자였지만, 샤크의 입장에선 실로 협의로운 자였다.

먼터 왕국이 사람 살 만한 나라가 되려면 니콜라스 백작과 같은 이에게 힘을 실어 줘야 한다. 막상 권력을 손에 쥐면 그의 마음이 변할 수도 있겠지만, 그것은 그때 가서 손을 보면 되는 일이었다.

항상 그랬지만 샤크는 미래의 일까지 꼼꼼하게 예측하며 치밀하게 일을 벌이는 성격은 아니었다. 과거와 현재를 살피기도 어려운 세상에 미래까지 치밀하게 계산한다는 것은 쉬운 일이 아니고, 그러다간 소심해지기 마련이다.

따라서 일단 쓸 만한 녀석이면 한번 기회를 줘 보는 것이다. 물론 누가 봐도 싹수가 노란 녀석을 선택할 만큼 샤크는 바보가 아니었다. 적어도 니콜라스 백작이 토니나 라우벤과 비슷한 부류의 인물이라는 것쯤은 단번에 간파했으니까.

"왜 대답이 없느냐? 왕이 되기 싫은 건가?"

"그, 그게 말입니다."

생리현상을 참으며 생사의 고투를 벌이고 있던 니콜라스 백작은 갑자기 자신을 왕으로 임명한다는 샤크의 말을 듣고 깜짝 놀랐다. 너무도 놀라서 항문 입구까지 도달했던 변이

다시 장 속 깊숙이 되돌아가 버릴 정도였다.

덕분에 한숨을 돌릴 수 있긴 했지만 지금 그게 문제가 아니었다. 국왕이라니! 한낱 왕국의 지방 영주이자 백작에 불과한 그에게 국왕의 자리를 주겠다니! 그게 말이 되는 소리인가?

그러나 니콜라스 백작은 샤크의 말이 결코 터무니없지 않음을 알았다. 그의 정체가 무엇인지 모르지만 제국의 그랜드 마스터인 요나스 후작을 일격에 해치워 버린 것도 그렇고, 저 무시무시한 흑발의 미녀 부하를 거느리고 있는 것도 그랬다.

이는 물론 상식적인 생각으로는 불가능한 일이었다. 설령 붉은 숲의 검사 라우벤이라 해도 이와 같은 능력은 없을 것이었다.

그야말로 마치 꿈속에서나 있을 법한 기괴한 일이 벌어진 것이다. 그로서는 샤크가 말로만 듣던 드래곤과 같은 존재가 아닌가 싶기도 했다.

어쨌든 확실한 사실은 니콜라스 백작이 하겠다고 말만 하면 샤크는 그에게 먼저 왕국의 국왕 자리를 흔쾌히 주고도 남을 자라는 것! 니콜라스 백작은 비로소 자신에게 일생일대의 기회가 왔음을 깨달았다.

그러나 아무리 그렇다 해도 그의 관념하에서는 섣불리 받아들이기 어려운 일이었다. 잘났건, 못났건, 페무르 4세는 그의 주군이며 자신은 그의 신하였으니까.

이 상황에서 그가 국왕이 되어 버리면 그야말로 반역자가 되어 버리는 것이 아니겠는가. 그런데 마치 그런 니콜라스 백작의 의중을 알고 있다는 듯 샤크가 싸늘히 웃으며 말했다.

"한 가지 네가 뭔가 착각을 하는 바가 있는 듯하여 말해 주지. 이제 먼터 왕국은 저기 바닥에 꼴사납게 널브러져 있는 배불뚝이 녀석이 아닌 나 샤크의 것이다. 나는 네가 어떤 선택을 하든 저 녀석에게 다시 왕위를 돌려줄 생각이 없음을 알아야 한다. 마찬가지로 박탈된 귀족들의 작위도 되돌려 주지 않을 것이다. 이제 네가 선택해라. 넌 먼터 왕국을 제대로 된 나라로 만들고 싶지 않으냐?"

"……!"

니콜라스 백작의 몸이 떨렸다. 제대로 된 나라라! 이 얼마나 그가 간절히 바라던 일인가? 그 스스로 생각해도 나라 꼴이 정말 가관이었다. 리자드맨들로 인해 왕국의 남부가 초토화되어도 국왕과 귀족들은 몸을 사리기 바빴고, 정작 왕국을 구한 영웅은 반역도로 몰았다.

대체 무엇 때문에? 그들의 기득권을 유지하기 위해서였다. 그들의 치부를 감추기 위해서였다. 라우벤이 영웅이 되면 될수록 그들의 무능함이 드러날 것이니 말이다.

오직 사악한 권모술수만 부리는 탐관오리들만 넘칠 뿐 충신은 찾아보기 힘든 나라! 그곳이 바로 먼터 왕국이었다.

"하오나 제대로 된 나라를 제가 어찌 만들 수 있겠습니까? 저는 작은 영지의 영주에 불과합니다. 제가 아무리 목이 터져라 외친다 해도 대부분 저를 국왕으로 인정하지 않을 것입니다. 저의 힘은 미약하기 그지없습니다."

순간 샤크가 인상을 살짝 찌푸리며 말했다. .

"그것은 염려할 것 없다. 네가 하겠다는 의지만 있으면 내가 그것을 가능하게 해 줄 테니까. 마지막으로 묻지. 하겠느냐, 말겠느냐?"

"그, 그게……."

"나는 우유부단한 녀석을 싫어한다. 네 녀석이 확신 있는 태도를 보이지 않는다면 먼터 왕국의 국왕 자리는 다른 녀석에게 줄 것이다."

그 말에 니콜라스 백작은 움찔했다. 그는 이내 두 눈을 불태우며 크게 외쳤다.

"하겠습니다. 제대로 된 나라! 제가 한번 만들어 보겠습니다."

 순간 샤크의 입가에 씩 미소가 맺혔다.

 "좋다. 바로 그런 태도를 원했지. 이제부터 네가 먼터 왕국의 국왕이다."

 "알겠습니다. 다만……."

 "다만 뭐냐?"

 니콜라스 백작 아니, 이제 먼터 왕국의 국왕이 된 니콜라스는 머리를 긁적이며 물었다.

 "제가 앞으로 정치를 어떻게 해야 할지 대략적이라도 방침을 알려주십시오. 샤크 님이 달리 원하시는 바가 있으신지."

 그 말에 샤크는 인상을 구겼다.

 "왜 골치 아픈 질문을 하는 거지? 그건 내가 알 바 아니고 국왕인 네가 알아서 해야 할 일이야. 설마 아무 생각도 없이 국왕 자리를 받아들인 건가?"

 "그건 아닙니다만……."

 "모든 건 네가 알아서 해라. 네가 정치를 어떻게 하든 나는 상관하지 않을 것이다. 다만 그에 대한 책임은 져야 하겠지."

 "책임이라고요?"

샤크가 잔잔히 웃었다.

"물론이다. 내가 널 왕이 되게 만든 건 백성들을 잘 돌봐주라는 이유에서다. 그런데도 네가 만일 페무르 4세처럼 탐욕적인 정치를 한다면 나는 그에 대한 책임을 반드시 물을 것이다. 그때 네가 당하게 될 징벌은 오늘 페무르 4세에게 했던 것보다 몇 배 이상이 될 것임을 잊지 마라."

"……며, 명심하겠습니다."

샤크의 부드러운 미소 속에 숨겨진 섬뜩한 경고를 읽은 니콜라스의 몸이 세차게 떨렸다. 그러자 샤크가 어좌에서 걸어 내려와 니콜라스의 한쪽 어깨를 살짝 두드리며 말했다.

"그렇다고 너무 염려 마라. 오마다 영지의 영주인 롤란드와 산드리아 영지의 영주인 토니를 각각 공작으로 임명한 후 그들과 정사를 논한다면 많은 도움을 받게 될 것이다. 특히 토니에게 물어보면 네가 추구해야 할 바가 무엇인지 확실히 알게 될 것이다."

"예, 알겠습니다."

왕국에 샤크의 또 다른 부하들이 있음을 알게 된 니콜라스의 안색이 밝아졌다. 그 혼자서 막연했는데 그들과 함께라면 어떻게든 해 볼 수 있을 것 같아서였다. 이렇게 롤란드와 토니가 먼저 왕국의 공작으로 임명되는 순간이었다.

"다시 말하지만 네가 혼자서 잘 먹고 잘살겠다는 생각으로 백성들을 착취하지만 않으면 내가 너를 징계할 일은 특별히 없을 것이다. 그리고 네게 또 다른 힘이 되어 줄 자들을 소개하지."

그 말과 함께 샤크는 힐끗 루델을 향해 고개를 끄덕였다. 곧바로 루델이 바닥에 흑색의 마법진을 그렸다.

츠으으! 츠으읏!

잠시 후 그곳을 통해 일단의 무리가 모습을 드러냈다. 인간과 엘프, 드워프가 각각 1명씩 도합 3명이었다.

그들은 물론 샤크의 부하 마족들이었다. 크라케의 직속부하가 되어 일루전 트레저인 광전사의 불꽃을 지키고 있는 마족들 중 일부를 루델이 불러온 것이다. 샤크는 니콜라스 백작을 쳐다봤다.

"이들은 모두 나의 부하들로 앞으로 너를 도와 국정을 운영해 줄 것이다. 네가 무슨 일을 하든 이들은 너에게 힘이 되어 줄 것이다."

니콜라스는 마법진 위에 나타난 자들의 기세가 강인할 뿐 아니라 뭔가 범상치 않은 능력을 지니고 있음을 본능적으로 알아봤다. 그러다 보니 그는 샤크의 정체가 점점 궁금해졌다. 저와 같은 대단한 부하들을 거느리고 있는 그는 대체 누구일까?

"대체 당신은 누구십니까?"

"샤크."

"이름 말고 정체가……."

순간 샤크가 인상을 찡그렸다. 그는 힐끗 옆의 루델을 노려보며 물었다.

"루델, 너는 나의 정체를 아느냐?"

"물론 모르죠. 제가 로드의 정체를 어찌 알겠어요?"

루델은 당연하다는 듯 말했다. 그녀는 진심이었다. 과연 샤크가 어떤 종자인지, 한동안은 그저 막연히 그녀 보다 강한 최상급 마족이라 생각했는데, 다시 생각해 보니 그것도 확신할 수 없었다. 그렇다면 대체 뭘까? 모른다.

본래라면 이런 경우 어떤 식으로든 정체를 캐물어야 직성이 풀리겠지만, 그것이 얼마나 위험한 사태를 초래할 것인지 잘 알고 있는 그녀였다. 쓸데없는 호기심이 매를 부른다는 것! 모르는 게 약이 될 수 있는 것이다. 이른바 환야에서 산전수전을 겪은 그녀의 생존방침이랄까?

루델로부터 쓸데없는 데 관심 갖지 말라는 험한 눈총을 받은 니콜라스는 일순 가슴이 서늘해졌다. 흑발의 미녀 루델만 해도 그가 볼 때는 정체불명의 초월자 같은 존재였다. 그런 그녀가 샤크를 로드라 부르면서도 정체를 모른다니!

그렇다면 니콜라스 역시 공연히 샤크의 정체를 파악하려 애쓸 필요가 없다는 뜻이었다. 그냥 모르면 모르는 대로 사는 것이 순탄한 인생으로 이끄는 삶의 지혜이리라.

"로드! 그럼 저도 당신을 로드라 불러도 되겠습니까?"

"물론이다."

샤크는 흔쾌히 고개를 끄덕이고는 말을 이었다.

"어쨌든 잘해 봐라. 나는 이제 가 볼 테니 말이야. 루델, 저 녀석을 끌고 나서라."

"예, 로드."

루델은 대전 한 구석에 처박힌 채 혼절해 있는 요나스 후작을 짐짝 들 듯 어깨에 들쳐 멨다. 그러고는 어디론가 번쩍 사라졌다.

'……!'

루델이 홀연히 사라지자 니콜라스 백작은 깜짝 놀랐다. 그런데 그 사이 어느새 샤크의 모습 역시 사라지고 보이지 않았다.

'어디로 가신 것일까?'

마치 꿈이라도 꾼 듯 멍하니 서 있는 그를 향해 세 마족들이 빙그레 웃으며 다가왔다.

"이제 보좌에 오르시지요, 국왕 전하."

"새로운 왕국 건설을 위해 신들은 힘을 아끼지 않겠사옵니다, 전하."

"아, 알겠소."

니콜라스는 물론 그들이 마족인지 모른다. 아마 그 또한 모르는 게 약이 될 것이다. 그저 그가 죽을 때까지 그에게 불가사의한 힘이 되어 줄 든든한 충신들을 얻은 것으로 만족하면 되는 것이다.

"허헛! 자 그럼 무엇이든 원하시는 것을 말씀해 보십시오, 전하."

"이제부터 전하의 뜻대로 왕국이 변화될 것입니다."

사실 샤크의 명령을 받은 마족들은 신이 난 터였다. 갑갑한 결계 속에 갇혀 있는 것보다 왕국의 대신 노릇을 하며 유희를 즐기는 것이 백 배 나았으니까.

Chapter 8

이모털 무타티오

먼터 왕국에 대변혁이 일어났다. 페무르 4세가 하야하고 니콜라스의 시대가 되었다. 후일 먼터 왕국 최고의 성군(聖君)으로 칭송받게 될 니콜라스 1세! 그가 새로운 국왕으로 등극한 것이었다.

대체 어떻게 하루아침에 국왕이 바뀔 수 있는 것인가? 그것도 한낱 지방 영주에 불과했던 니콜라스 백작이 먼터 왕국의 새로운 주인이 될 수 있다는 말인가?

실로 불가사의한 일이 벌어졌다. 그러나 더욱 불가사의한 일은 왕국의 그 어떤 영주들도 그에 대해 반발하지 않았다는 사실이었다.

그것은 당연했다. 국왕으로부터 새롭게 선출된 영주들이 각 영지를 장악했으니까. 그러한 과정에서 기존 영주들의 반발이 전혀 없었다는 것도 매우 불가사의한 일이 아닐 수 없었다.

본래라면 큰 혼란이 일어날 법도 한데 먼터 왕국은 빠르게 안정되었다. 국왕이 직접 영주들에게 명해 세금을 한동안 면제해 주는 등의 각종 이례적인 조치를 취한 이유도 있지만, 왕의 손발이 되어 주는 마족들이 있어서 가능한 일이었다. 물론 그들이 마족이라는 사실은 국왕인 니콜라스 1세도 알지 못하는 비밀이었다.

*　　*　　*

왕국 하나 뒤집어엎는 것이 손바닥 뒤집는 것처럼 쉬웠다. 이는 전생의 백룡이었다면 결단코 할 수 없는 일. 그가 아무리 광협이었다 한들 황제에게 반기를 들거나 국가를 전복시키는 일까지는 하지 않았다. 능력이 없어서 못한 것이 아니라, 할 수 있어도 하지 않았다. 그래서는 안 된다는 생각 때문이었다.

그러나 현재 몸은 마왕이되 자아만 인간의 것이어서인지, 샤크는 전생과 달리 인간의 굴레에 얽매이지 않았다. 명분? 그따위는 필요 없다. 굳이 있다면 마왕의 방식으로서의 명분이라면 모를까.

샤크 스스로도 먼터 왕국에서 벌인 일이 매우 흡족한 터였다. 어쩌면 너무 독선적이라고 누군가 뭐라 할 수도 있겠지만, 그러면 또 어떤가?

'설령 욕을 한다 한들 상관없다.'

마왕은 원래 욕먹는 존재니까. 마왕보고 착하다고 하는 것이 이상한 것이다. 샤크는 어디 가서 착한 마왕이란 소리를 듣고 싶은 생각도 없었다.

그저 내키는 대로 살 것이다. 도저히 못 볼 꼴을 보면 그냥 보아 넘기지 않고, 뒤집어엎어 버릴 것이다. 예의? 법? 그따위 것들에 얽매이지 않으리라.

"로드, 이제 어디로 갈까요?"

그때 루델이 물었다. 샤크는 담담히 대꾸했다.

"일단 그 녀석을 깨워라."

"예, 로드."

샤크에 의해 마나홀이 파괴되어 이제 폐인이 되다시피 한 그랜드 마스터 요나스 후작. 그는 아직도 자신에게 벌어진 일을 실감하지 못했다. 모든 일이 그가 무슨 생각을 하기도 전에 일어났기 때문이다.

특히 그는 마나홀이 파괴된 것에 대한 절망을 느낄 겨를도 없이 루델에게 죽도록 맞고 기절한 터였다. 그러다 이제 막 깨어날 찰나였다. 마족 루델의 블러디 어웨이크라는 주문으로.

후이이이—

루델의 손에서 뻗어 나간 핏빛의 광채가 요나스 후작의 몸을 휘감았다. 그 순간 죽은 듯 감겨 있던 그의 두 눈꺼풀이 파르르 떨렸다. 곧바로 그는 두 눈을 번쩍 뜨고 일어났다.

그것을 본 샤크는 내심 감탄했다. 기절한 자를 깨우는 방법 자체가 놀라운 것은 아니었다. 그런 거야 오히려 그가 더욱 전문일 것이다.

그러나 그저 주문 하나로 기절한 자를 저리 쉽게 깨우는 방법이 있으니, 그로서는 당연히 호기심을 느끼지 않을 수 없었다.

'저것도 마법 중 하나겠군.'

마법은 샤크가 전생에서는 듣도 보도 못한 능력이었다. 이곳 환야에서는 말 그대로 개나 소나 다 할 줄 아는 흔한 능력 같지만 말이다.

보통의 마물이나 마족들이 제각각의 마법을 배우지 않아도 할 줄 알 듯, 샤크 역시 당연히 저절로 할 줄 아는 마법들이 있었다. 이를테면 언데드를 다룰 수 있는 능력이나 아공간을 만들어 물건을 보관하는 능력 같은 것이 대표적이었다.

그뿐인가? 시간이 가면 갈수록 마치 잃었던 기억을 되찾듯 갖가지 마법 능력을 각성하는 중이었다. 다만 대부분이 파괴적인 공격 마법이나 끔찍하기 이를 데 없는 저주 마법이라는 것이 문제였다.

그런데 왜 샤크는 그동안 그 마법들을 펼치지 않았을까?

그것은 그것들이 뭔가 대단해 보여도 실상 그가 본래 가진 무공에 비해서는 위력이 형편없기 때문이었다. 공격 마법 주문을 외울 시간이면 상대를 수백 번도 더 후려칠 수 있는데 무엇하러 그런 귀찮은 짓을 하겠는가?

그리고 저주 마법의 경우는 샤크의 성격과 결코 맞지 않았다. 죽을죄를 지은 놈이면 그냥 죽이는 게 낫지, 고통이 수반되는 끔찍한 저주를 가해 영원토록 괴롭히는 것은 차마 못할 짓이었다.

이를테면 대상을 몬스터나 곤충과 같은 미물로 만든 후

죽지도 살지도 못하게 만들어 버릴 수 있는 이모털 무타티오라는 저주 마법이 대표적이었다.

이 마법을 펼치게 되면 멀쩡한 인간 하나가 임의의 몬스터나 곤충 중 하나로 변해 버린다. 운이 좋으면(?) 오우거나 트롤과 같은 힘센 몬스터가 될 수도 있겠지만, 운이 나쁘면 파리나 모기와 같은 곤충으로 변할 수 있었다. 대상이 무엇으로 변할지는 그 마법을 펼치는 마왕도 모른다 했다.

그러나 단순히 그것만으로 이모털 무타티오가 어찌 마왕의 끔찍한 저주마법이라 할 수 있겠는가? 환야의 세계에는 이모털 무타티오와 흡사한 폴리모프 마법이 무수히 많지만, 그중 가장 끔찍한 저주 마법의 으뜸에 있는 것이 바로 이모털 무타티오였다.

일단 이 저주에 걸리면 그 저주를 건 마왕이 소멸되지 않는 한 마음대로 죽고 싶어도 죽지 못한다. 죽는 순간 그대로 부활하게 되는데 이모털 무타티오의 저주가 작용하여 또 다른 미물로 변형되기 때문이다.

모기가 되어 죽임을 당하는 순간 파리가 되어 부활한다. 그러다 죽으면 다시 거미로 환생(?)하고 그런 식의 고통스러운 삶이 무한 반복된다는 것이다.

어떻게 보면 그 또한 일종의 불사의 삶이니 한번 해볼 만

하다는 생각이 들 수도 있겠지만, 멀쩡한 인간의 정신을 가지고 파리가 되었다가 모기가 되었다가, 그런 식으로 끝없는 죽임을 당하는 것이 얼마나 끔찍한 일인지는 직접 당해 보지 않는다면 알 수 없는 일이리라.

지금은 샤크의 부하가 되었지만 그동안 환야의 떠돌이로 온갖 풍상을 다 겪은 마족 루델도 이 끔찍한 저주 마법에 당한 경험이 있다고 했다. 그저 지나가는 마왕에게 밉보였다는 이유였다.

당시 루델은 오크로 변했는데, 그녀 특유의 생존 능력으로 온갖 우여곡절을 겪은 후에 오크들 사이에서 우두머리가 되어 살 수 있었다. 그러다 더욱 운이 좋게도 그녀에게 이모털 무타티오의 저주를 걸은 마왕이 한 용자에게 죽임을 당함으로써 저주에서 풀려나게 된 것이었다.

그래도 루델은 그나마 오크로 폴리모프 되었기에 그럭저럭 적응이라도 하며 살 수 있었다. 그녀가 가진 최상급 마족으로서의 지식을 통해 오크 상태에서 마법과 검술을 펼쳐, 오크들 세계에서 살아남았을 뿐만 아니라 그들을 지배할 수도 있었으니까.

여하튼 그러한 무시무시한 저주 마법을 샤크 역시 자연스레 각성하게 되었지만, 모든 저주가 그렇듯이 자신보다 마력이 약한 대상에게만 통하는 한계가 존재했다.

그것에 대해서는 특히 주의해야 했다. 자신보다 마력이 강한 대상에게 섣불리 저주를 펼치다간 그 저주가 고스란히 자신에게 되돌아오기 때문이었다.

이모털 무타티오 말고도 샤크가 각성한 저주 마법의 종류는 꽤 많았다. 대부분 그 못지않게 끔찍한 것들이고, 한 번 펼치면 마왕이라 해도 해제가 불가능했다. 저주가 풀리려면 마왕이 죽든지, 강력한 신성력을 지닌 신관이나 용자가 나서야 가능했다.

따라서 이러한 이유로 샤크는 자신이 각성한 저주 마법들을 누군가에게 펼쳐 보고 싶은 충동조차 일어나지 않았다. 만일 그가 힘이 약하거나 저주에 의존해야 한다면 모를까, 그에게는 그런 잡술에 의존하지 않아도 될 만큼 강력한 무력이 존재하기 때문이었다.

또한 적어도 저주를 내리려면 스스로 그것을 해제 시킬 수도 있어야 한다는 것이 샤크의 생각이었다. 스스로 해결도 하지 못하는 문제를 일으키는 것은 그의 성격과 맞지 않았다. 따라서 만일 혹시라도 샤크가 저주 마법을 펼치는 경우가 생긴다면 그가 그것을 가볍게 해제 시킬 수 있는 능력을 얻었을 때가 될 것이다.

이러다 보니 샤크는 자연스레 마법에 대한 호기심이 생겨났다. 마왕이 스스로 각성하는 각종 파괴 마법이나 저주 마법 등은 환야에 존재하는 수많은 마법 중의 극히 일부일 뿐, 작정하고 배운다면 배울 것은 무수히 많았다.

오직 전투만을 위해서라면 굳이 다른 마법에 관심을 가질 필요는 없겠지만, 아무리 마왕이라 한들 오직 전투만을 위해 살 수는 없지 않겠는가.

더구나 샤크는 인간의 자아를 가진 마왕이었다. 다른 마왕들과 달리 새로운 것에 대한 건전한 호기심이 많았다. 특히 학구열에 있어서는 더더욱.

그래서 샤크는 앞으로 취미 삼아 마법을 깊이 연구해 볼 작정이었다. 그가 가진 마왕으로서의 마법은 어느 하나 가볍게 펼칠 수 있는 것이 없었다. 하다못해 루델이 가진 블러디 어웨이크라는 기절 해제 주문 같은 편리한 마법도 없었다.

그저 다 파멸시키고 끔찍한 저주를 내리고 모조리 박살내는, 말 그대로 파괴와 살육을 위한 마법들만 존재하는 터였다. 실생활에서 유용하게 쓸 만한 마법들이 하나도 없다는 말이다.

따라서 이 방대한 세계의 환야에 존재하는 온갖 기괴한

마법이나 주술들. 이를테면, 각 마족이나 마물들의 마법, 드래곤들의 용언 마법, 엘프나 인간을 비롯한 이종족, 각종 몬스터들이 발전시킨 마법과 주술, 정령술 등을 수집품을 모으듯 하나하나 배워 간다면 장구한 마왕으로서의 삶에서 무료함이 상당 부분 해소될 수 있으리라.

'루델 덕분에 쓸 만한 취미 하나가 생겼군.'

뭔가 거창한 이유라기보다는 그저 호기심 때문에 생긴 취미였다. 샤크는 루델이 기절한 요나스 후작을 주문을 통해 가볍게 깨우는 것을 보고는 마법을 연구하겠다고 생각했으니까.

한편 그때 막 기절에서 깨어난 요나스 후작은 어리둥절한 표정으로 주위를 살폈다.

"여, 여기는……."

그는 자신이 먼터 왕궁의 대전에서 루델에게 죽도록 맞다가 기절한 것까지는 대충 기억이 났다. 그런데 깨어나 보니 낯선 숲이었다.

'내가 꿈이라도 꾼 건가?'

혹시나 먼터 왕궁에서 벌어진 일이 꿈속의 일이었다면 얼마나 좋을까?

그러나 결코 꿈이 아니었다는 사실을 그의 몸이 증명했

다. 전신에 욱신거리는 가공할 고통 따위는 무시해도 좋았다. 그보다 마나홀이 파괴된 것이 충격이었다. 그는 이제 마나를 한 줌도 사용할 수 없는 폐인이 된 것이나 마찬가지였다.

'허어! 이럴 수가……'

4살 때부터 검을 쥔 후, 수십 년이 지나도록 손에서 검을 놓아 본 적 없던 그였다. 그렇게 미치도록 노력해서 그랜드 마스터가 되었는데, 생의 모든 것이라 할 수 있는 마나홀이 파괴되어 버렸으니 어찌 절망스럽지 않겠는가.

"깨어났으면 얼른 일어나지 않고 뭐하는 거냐?"

그때 퉁명스러운 여인의 음성이 그의 귓전을 때렸다. 흠칫 놀라 고개를 돌려보니 흑발의 무시무시한 기세를 뿜어대는 루델이 그를 사납게 노려보고 있었다.

"허억!"

어디서 힘이 난 것일까? 요나스 후작은 마치 날 듯이 벌떡 일어섰다. 그것은 본능적인 움직임이었다. 서글프지만 그렇게 하지 않았다간 맞을지도 모른다는 두려움에서 비롯된 본능!

솔직히 그랜드 마스터이자 제국의 후작인 그의 체면을 생각할 때 상상하기 힘든 일이지만 지금은 자존심이 문제가 아니었다. 누구나 루델에게 한번 맞아보면 그가 왜 이러는지 알게 될 것이다.

그러자 루델이 청순해 보이는 소녀와 같은 맑은 미소를 지었다.

"너무 그렇게 떨건 없단다. 아무리 내가 마조……지만, 무턱대고 사람을 패지는 않는다 이거야. 무슨 말인지 알겠어?"

요나스 후작은 루델이 무슨 소리를 하는지 알 수 없었다. 그는 루델이 스스로를 마조…… 어쩌고 하다 흠칫 샤크의 눈치를 살피며 말을 돌리는 것을 보며 속으로 의아함을 느꼈다. 대체 마조가 뭔가? 마조가 무엇이기에 저리 말을 하기를 꺼리는 것인가?

요나스 후작은 비록 검사로서 그랜드 마스터까지 달성한 수련광이지만, 비교적 박학다식하고 견문도 많았다. 이른바 문무를 겸비한 자였다.

그렇다 해도 그는 마조가 무슨 뜻인지 도무지 알 수 없었다. 그가 알지 못하는 단어였던 것이다. 혹시 마조라는 이 종족이나 몬스터가 존재하는 것일까? 그건 아닌 듯했다.

'마조? 말을 하다 끊었으니 틀림없이 뒤에 뭔가 있을 터.'

곧바로 그의 뇌리에 무수한 단어들이 떠올랐다. 그녀의 말 그대로 마조…… 일리는 없고, 마종도 아닐 것이다. 그렇다면 마졸? 아니, 마족? 설마 그럴 리는 없을 거고…….

그러던 그의 안색이 흠칫 굳어졌다. 설마 그럴 리가 없는 일이지만, 지금 벌어진 상황을 보면 충분히 말이 되는 소리였다.

그렇다. 마족! 마족이 아니고서야 인간이 그런 경천동지할 능력을 가지기란 불가능한 일이 아니겠는가? 그는 루델이 마족이라 말하려다 만 것임을 직감하는 순간 가슴이 서늘해지고 말았다.

비로소 그의 머릿속이 깨끗하게 정리가 되었다. 그랜드 마스터인 그가 무력하게 당했던 것도, 먼터 왕국의 국왕과 귀족들이 저항도 못해 보고 죽도록 맞은 것도, 루델이 마족이라면 모든 것이 당연하게 설명된다. 그것 이외로는 상식적으로 벌어질 수 없는 일이었으니까.

전설로만 듣던 마족이 나타났다!

그런데 그것뿐이 아니었다. 루델과 같은 마족이 두려워 떨며 눈치를 보는 존재가 있었으니! 그의 이름은 샤크라 했지만 과연 그의 진정한 정체는 무엇일지 궁금했다.

'그렇다면 혹시 마……마왕……?'

틀림없다. 마왕이 분명하리라. 인텐스 오러 블레이드를 손가락으로 막아 내고 마족을 부하로 둘 수 있는 존재는 오직 마왕뿐일 테니까.

'세상에 마왕이 나타나다니! 이를 어쩌면 좋다는 말인가?'

클라우드 대륙에 대재앙이 도래했다. 이제 모두가 죽을 일만 남은 것이다. 요나스 후작은 심장이 철렁 내려앉는 듯했다. 지금 그는 마나홀이 파괴된 것이 문제가 아니었다. 이대로라면 제국뿐 아니라 클라우드 대륙은 끝장이었다. 그의 표정은 마치 석상처럼 굳어졌고 그의 눈빛은 절망의 늪처럼 가라앉았다.

순간 샤크의 인상이 살짝 구겨졌다. 요나스 후작의 눈빛과 표정에서 그가 무슨 생각을 하는지 대략적으로 짐작할 수 있었던 것이다.

'아무래도 저 녀석은 나 역시 마족이라 확신하는 듯하군.'

이게 다 루델이 마조가 어쩌고 하는 말을 하는 바람에 벌어진 일이었다. 마조! 설령 어린아이라도 그게 마족을 말하려다 만 것임을 눈치챌 테니까. 샤크는 슥 고개를 돌려 루델을 노려봤다. 루델이 움찔했다.

"죄송해요, 로드."

"뭐가 죄송하다는 거냐?"

샤크의 표정이 심상치 않자 루델은 긴장했다.

"입을 조심했어야 했는데 저도 모르게 경솔했어요."

"알긴 아는구나."

"심히 반성하고 있으니 용서해 주세요."

"흠."

루델이 앞서 자신의 잘못을 인정하고 용서를 구하자 샤크의 표정이 약간 누그러졌다. 그러나 루델은 샤크가 특히 자주 하는 말을 기억했다.

이해는 하지만 용서는 안 된다! 아니면 일단 용서는 하지만 그 전에 좀 맞자!

둘 중 어느 것이든 결론은 맞게 될 것이라는 것! 따라서 그녀는 그런 일이 벌어지지 않도록 스스로 입을 봉인하기로 했다.

"반성의 의미로 한동안 말을 하지 않을게요. 그럼 용서해 주실 거죠?"

그 말을 끝으로 그녀의 얼굴에서 입이 사라졌다. 그것을 본 요나스 후작의 두 눈이 커졌다.

'입이 사라지다니! 어찌 저런?'

헬레이스 제국에 뛰어난 검사가 많듯, 뛰어난 마법사도 많다. 대륙의 최강 마탑들이 모두 헬레이스 제국에 몰려 있을 정도였으니까.

그리고 그들 중 수뇌부는 당연히 황궁과도 밀접한 연관이 있었다. 황제에게 충성을 바치지 않는 마탑이나 마법사를 황제가 용납할 수 없기 때문이었다.

그런 만큼 황궁에는 특히 더 뛰어난 마법사들이 몰려 있었고, 요나스 후작은 그들과 교분이 두터웠다. 자연스레 그는 마법에 대해서도 제법 많은 상식을 가지고 있었다.

그러나 그의 상식에 의거할 때 입을 없애 버리는 마법은 없었다. 그것도 스스로의 입을 없애 버리는 마법이라니.

본래 마법이라는 것도 검술과 마찬가지로 그 필요성과 유용성을 바탕으로 연구되어지게 된다. 쓸모없는 것이 폐기되며 반드시 필요한 것들을 중심으로 계속 연구 발전되는 것이다.

그런데 스스로 자신의 입을 없애 버리는 그런 기괴한 마법을 그 누가 연구하겠는가. 그리고 그렇게 입술을 없애 버리면 이후에 주문을 외우지도 못할 텐데 말이다.

그러나 그가 어찌 알겠는가. 마족인 루델은 사실 주문에 의하지 않고 그저 의지만으로도 펼칠 수 있는 마법이 대부분임을 말이다.

그때 샤크가 루델을 보며 싸늘히 외쳤다.

"네 스스로 입을 없애고 벌을 받겠다니 특별히 이번은 그걸로 넘어가도록 하겠다. 대신 넌 앞으로 백 년 동안 묵언 근신하도록 해라."

배, 백 년이라니!

"……!"

순간 루델의 얼굴이 울상으로 변했다. 적당히 눈치를 봐서 다시 입을 만들려고 했는데, 무려 1백 년 동안이나 이 상태로 있어야 할 상황이란 말인가? 말을 하는 것이 일생의 즐거움인 그녀가 1백 년 동안 말을 못하게 되어 버렸다.

물론 그녀는 입이 없어도 마법으로 소리를 내거나 뜻을 전하는 것쯤은 일도 아니었지만, 샤크가 내린 묵언(默言)의 징벌은 그 모든 것을 포괄한다고 봐야 했다. 그녀는 그저 고개를 끄덕이거나 흔드는 것으로만 의사를 전해야 하는 상황인 것이다.

1년도 아니고 10년도 아니고 무려 1백 년이라니! 과연 그 긴 세월 동안 그런 식으로 살 수 있을까? 물론 살 수야 있겠지만 그녀의 성격상 아마 돌아 버릴지도.

'으흑! 차라리 그냥 맞을 걸 그랬나.'

루델은 공연히 묵언을 자청했다는 생각에 후회가 되었다. 그러나 로드 샤크의 입에서 한번 결정된 이상 번복은 불가능하리라. 그녀는 눈물을 글썽이며 푹 고개를 숙였다.

그 모습을 본 요나스 후작은 가슴이 철렁 내려앉았다. 저 악독하기 그지없는 루델이 말 한 번 잘못했다고 1백 년이나 묵언의 형벌을 받을 줄이야.

저 악독한 마녀, 아니 마족인 루델이 눈물까지 글썽이며 풀이 죽어 있는 모습을 보게 되다니. 새삼 그는 샤크가 얼마나 무서운 존재인지 알 수 있었다.

'저자는 분명 마왕이다. 마왕이 아니라면 저럴 수는 없다.'

요나스 후작은 최대한 샤크와 눈이 마주치지 않으려고 눈을 내리깔았다. 그러나 그런 그를 향해 샤크가 터벅터벅 걸어오더니 불쑥 말했다.

"요나스 후작! 넌 아마도 평생 검만 수련해 왔을 것이다. 지금껏 검을 손에서 놓아 본 적이 없었겠지."

"그것을 어찌?"

요나스 후작의 두 눈이 커졌다. 샤크가 싸늘한 미소를 지었다.

"천부적인 재능이 있다 해도 피나는 노력 없이는 그 경지에 이르기란 쉬운 일이 아니지. 남들이 기를 쓰고도 쉽게 이를 수 없는 그 경지를 이룬 것을 정상참작하여 널 죽이지 않고 일단 살려 둔 것이다."

"허나 이제 마나홀이 파괴된 이상 그것이 무슨 소용이 있겠습니까?"

요나스 후작은 침통한 표정으로 대답했다. 샤크가 어깨를 으쓱하더니 기이한 미소를 지으며 말했다.

"네게는 그것이 절망이겠지. 마나홀이 파괴되면 모든 것이 끝인 듯 느껴질 거야."

"물론입니다. 마나홀이 파괴된 이상 제가 어찌 다시 검을 손에 쥘 수 있겠습니까?"

"나를 원망하고 있군. 네가 왜 징벌을 받았는지 생각 안 해봤나?"

요나스 후작은 복잡하면서도 체념 어린 눈빛으로 샤크를 쳐다봤다. 상대가 마왕인데 원망이 무슨 소용 있겠는가? 이제 모두가 다 죽는 일만 남았을 텐데 말이다.

"글쎄요. 당신을 원망한들 이 상황에서 변하는 것은 없을 것입니다. 그보다 저를 살려 둔 진정한 이유가 무엇인지 알 수 있겠습니까? 아니 당신의 목적이 무엇인지라도 알려 주십시오. 역시 클라우드 대륙의 멸망입니까?"

순간 샤크가 멍한 표정을 지었다. 기껏 내키지 않은 협행을 하고 있는데 지금 뭐라고?

"클라우드 대륙의 멸망이라? 넌 지금 내가 무슨 마왕이라도 된다 생각하나 보군."

"……아닙니까?"

이럴 수가! 이렇게 쉽게 정체를 간파당하다니. 샤크는 왠지 허무했다. 하긴 인간이라면 오히려 단순한 추리가 가능하리라. 마족을 지배하는 이는 당연히 마왕일 것이라고. 물론 그렇다고 순순히 인정할 수는 없는 일.

"루델, 네가 봐도 내가 마왕같으냐?"

샤크는 힐끗 루델을 노려보며 물었다. 루델은 말로 대답을 할 수 없는 터라 재빨리 고개를 흔들었다. 그리고는 어이없어하는 표정으로 요나스 후작을 노려봤다.

'저 멍청한 새끼! 무슨 개나 소나 다 마왕인 줄 아나 보네.'

마왕이라니! 마왕이 어떤 존재인지 모르는 것들은 마왕이란 말을 함부로 하곤 한다. 뭔가 성질이 더럽거나 힘 좀 세면 마왕이라고 말이다.

그러나 마왕들의 권속이 되어 본 적 있는 그녀로서는 샤크가 절대로 마왕이 아님을 확신하고 있었다. 샤크가 마왕이었다면 이미 클라우드 대륙은 상상도 할 수 없는 대재앙에 빠져 있을 테니까.

물론 샤크가 강한 것은 인정한다. 그녀도 아직 샤크가 얼마나 강한지 짐작조차 할 수 없으니까. 어쩌면 샤크가 웬만한 마왕 못지않은 능력을 가졌다는 생각도 들 정도였다. 성질 더러운 것도 왠지 비슷했다.

하지만 성질이 더럽고 안 더럽고는 문제가 아니다. 마왕 중에는 간혹 성질이 전혀 더럽지 않아 보이고, 심지어 아주 부드러우며 예의 바르고 이른바 신사적인 성향의 마왕들도 있으니까. 그리고 그들은 그렇게 웃으며 인간들을 파멸시킨다. 얼굴엔 온화한 미소를 띠우지만 손으로는 인간들을 찢어 죽이는 것, 그게 바로 마왕인 것이다.

다시 말해 그 어떤 마왕도 샤크처럼 인간으로 변해 인간들을 도와주는 일은 하지 않는다. 설령 유희라는 명목일 지라도 그런 일은 절대 없었다.

간혹 특이한 취향을 지닌 마족 중에 그런 유희를 즐기는 이가 있을지언정 마왕은 그따위 하찮은 짓을 절대 벌이지 않는다. 특히 협행이니 어쩌니 하는 것 따위는 더욱 있을 수 없는 일.

그러다 보니 샤크의 정체는 루델 역시 무척이나 궁금했

다. 단순히 궁금한 정도가 아니라 궁금해 미칠 지경이었다. 마왕은 당연히 아닌데 성질은 마왕 못지않게 더럽고, 심지어 인간들을 도와주는 협행을 은근히 조장하는 이상한 취향을 가지고 있으니, 그의 정체는 대체 무엇이라는 말인가?

그러나 그녀는 그렇게 궁금함에도 불구하고 샤크의 정체를 더 이상 캐묻거나 알려 하지 않았다. 그것이 샤크를 매우 분노케 할 뿐만 아니라 매를 부르는 일임을 알고 있기 때문이었다.

확실한 것은 샤크가 결코 마왕이 아니라는 점. 최근 들어서는 마족도 아닌 듯했다. 환야라는 거대 세계 속에는 별 괴상한 종자들이 많았기에 아마 그중에 우연히 나타난 별종이 아닐까, 하며 막연한 추측을 하고 있을 뿐.

그런데 저 망할 인간 녀석이 샤크를 마왕으로 오인하고 있으니, 그녀로서는 한심하게 느껴지지 않을 수 있겠는가. 다른 건 몰라도 샤크가 정체를 숨긴 마왕이었다면 그녀가 이미 백 번인들 눈치챘을 것이다.

아무튼 지금 문제는 그게 아니었다. 마왕이라는 존재가 마족이나 마물과 같은 그쪽 계통의 존재들에게는 상당히 영광스러운 이름이지만, 그와 다른 쪽에 있는 이들에게는 그리 유쾌한 이름이 아니라는 것쯤은 그녀 역시 충분히 알고 또한 인정하고 있었다.

따라서 마왕이 아닌 샤크에게 마왕이란 말을 했다는 건 곧 그를 욕하는 것이나 다름없는 일이 아니겠는가? 다소 이상한 논리긴 하지만 어쨌든 욕은 욕이다.

그리고 하찮은 인간 따위가 로드인 샤크를 욕했다면 응당 부하인 그녀가 나서야 할 것이다. 혓바닥을 통째로 뽑아버려 두 번 다시 말을 못하게 해 줘야 마땅하리라.

화악!

곧바로 루델의 두 눈에서 분노와 살기가 가득한 눈빛이 번뜩였다. 흡사 지옥의 불꽃처럼 타오르는 그녀의 안광과 마주치자 요나스 후작은 섬뜩한 느낌에 심장이 철렁 내려앉는 듯했다.

'크헉!'

그는 결코 눈치가 없는 사람이 아니다. 따라서 샤크가 마왕이지만 마왕이라는 소리를 듣는 것을 매우 싫어하는 특이한 취향을 지닌 마왕임을 눈치채고는 잽싸게 외쳤다.

"용서하십시오. 제가 착각했습니다. 샤크 님은 결코 마왕이 아닙니다. 물론 클라우드 대륙을 파멸시킬 일도 없으십니다."

"왜 생각이 바뀌었지?"

샤크는 시큰둥한 표정을 지으며 더욱 차가운 음성으로 물었다. 요나스 후작은 죽을 지경이었다. 죽고 사는 것이 다 혀에 달렸다는 격언이 새삼 마음에 와 닿는 순간이었다. 왜 쓸데없는 말을 해 가지고 이 봉변을 자초한다는 말인가?

이제 여기서 뭐라고 대답해야 살아남을 수 있을까? 그러나 아무리 머리를 짜내도 마땅한 말이 떠오르지 않았다. 그래서 어쩔 수 없이 되는 대로 둘러댔다.

"그, 그냥 느낌이지요. 왠지 당신은 매우 좋은 사람 같습니다. 그런 분이 어찌 마왕일 수 있겠습니까? 하하하!"

그런데 그 어설픈 답변이 의외로 엄청난 효력을 발휘했다. 샤크가 돌연 손짓을 하며 루델을 뒤로 물러나게 하더니 아주 흡족한 미소를 지으며 고개를 끄덕였던 것이다.

"앞으로는 공연히 생사람을 마왕으로 몰고 가지 말도록."

"몌, 명심하겠습니다."

샤크의 입가에 매우 흡족한 미소가 피어오르는 것을 본 요나스 후작은 어리둥절했다. 그것은 루델 역시 마찬가지였다. 그녀는 여태껏 샤크가 저리 흐뭇해하는 표정을 짓는 것을 본 적이 없었던 것이다.

'매우 좋은 사람? 설마 그 말이 로드를 저리 흐뭇하게 하는 거였나?'

그녀가 어찌 알겠는가? 그 말은 샤크가 전생에서도 들어 본 적 없는 말이었음을. 그가 아무리 협행을 펼쳐도 사람들은 그를 두려워하기만 했을 뿐, 그를 좋은 사람이라고 말한 이는 아무도 없었다.

그러다 보니 그 말을 듣는 순간, 샤크는 왠지 가슴이 씁쓸하면서도 울컥한 기분을 느끼지 않을 수 없었다.

'내가 이런 말도 다 들어 보는군.'

사람일 때는 들어 본 적 없는 말을 마왕일 때 들어 보다니. 물론 진심이 아니라 둘러댄 말이겠지만, 그래도 기분이 그리 나쁘지는 않았다.

Chapter 9

마법을 배우다

"당신은 매우 좋은 사람입니다!"

눈치가 무척 빠른 요나스 후작은 자신의 이 같은 말이 샤크를 흐뭇하게 만들었음을 알아채고는 다시 외쳤다. 말 몇 마디로 마왕을 온순하게(?) 만들 수만 있다면 무슨 말이든 못하겠는가.

'클라우드 대륙을 구하는 길은 오직 이것뿐이다.'

그는 비장한 각오였다.

"하핫! 진심입니다. 당신은 정말로 좋은 사람입니다, 샤크 님."

그냥 한 번만 했으면 좋았을 것을, 그것을 거듭 세 번이나 말하는 순간 샤크의 표정이 이내 시큰둥하게 변해 버렸다.

"됐으니 그만해라."

두 번째로 듣는 순간 왠지 거슬렸고, 세 번째로 듣는 순간 좋았던 감흥이 완전히 깨져 버렸다. 빈말도 적당히 해야 들어 줄 수 있는 법. 진심이 아닌 말을 세 번씩이나 듣고 히죽거리고 있을 만큼 샤크는 단순하지 않았다. 오히려 너는 매우 나쁜 놈이라고 들릴 정도였다.

"그보다 뭔가 하나 크게 착각하고 있는 것 같군. 클라우드 대륙을 멸망시키려는 놈들은 내가 아니라 바로 너 같은 놈들이지."

샤크의 말에 요나스 후작은 무슨 소리냐는 듯 고개를 갸웃했다. 결코 그 말은 마왕의 입에서 나올 소리가 아니었던 것이다.

"무슨 말씀이시온지."

"힘 좀 있다고 약자를 괴롭히는 놈들! 비열한 수단으로 권력을 유지하려고 하는 놈들! 바로 너 같은 놈들 때문에 이곳 대륙이 망하고 있는 것이다. 이 큰 대륙에 네가 속한 나라 하나만 있으면 된다는 생각! 다른 나라는 다 짓밟아 없애

거나 속국으로 만들어야 직성이 풀리는 그 썩어 빠진 생각 때문에 말이야."

샤크의 말에 요나스 후작은 비로소 자신이 먼터 왕국의 충신 니콜라스 백작을 죽이려 했던 사실에 대해 추궁을 받고 있음을 깨달았다.

그로서는 물론 그 일에 대해서는 별달리 할 말이 없었다. 그것이 사실 인간적으로는 그리 바람직한 일은 아니지만, 제국의 이익을 위해서라면 아무런 상관이 없다 생각했기 때문이다.

그런데 다른 이도 아니고 마왕이라 생각되는 샤크로부터 그에 대한 훈계를 받자 속으로 어이가 없었다. 나쁜 짓으로 치면 세상에 마왕만큼 나쁜 짓을 일삼는 존재가 어디 있겠는가 말이다.

그러나 그것은 그저 속마음일 뿐 그것을 겉으로 내색할 만큼 그는 바보가 아니었다. 곧바로 그는 고개를 푹 숙인 채 참회하는 표정을 지었다.

"부디 용서를……."

"그 일에 대해서는 일단 넘어가도록 하겠다. 마나홀이 파괴된 것만으로도 충분한 징계가 이루어졌을 테니 말이야. 이제 너는 돌아가서 너의 황제에게 전해라. 약자를 배려하고 백성들을 보살피는 통치를 하지 않으면 먼터 왕국에서 벌어진 일이 제국의 황궁에서도 벌어질 것이라고."

"아, 알겠사옵니다."

요나스 후작은 대답하면서도 어리둥절했다. 약자를 배려하고 백성들을 보살피는 통치를 하라니. 이게 어디 마왕의 입에서 나올 말인가?

'이상하군. 이 자는 혹시 마왕이 아닌 것인가?'

그는 자신이 샤크의 말대로 뭔가 크게 착각을 한 것 같다는 생각도 들었다. 지금까지 벌어진 일을 보면 샤크가 마왕이라는 것이 거의 확실한데, 정작 샤크의 입에서 나오는 말을 들어보면 그는 결코 마왕 같지 않았다. 오히려 아까 그가 빈말로 했던 좋은 사람에 가까웠던 것이다.

그런데 그때 샤크가 돌연 인상을 찌푸리더니 고개를 흔들었다.

"아니야. 역시 말로만 하는 건 별로 바람직하지 않을 것 같군. 오히려 우습게만 볼 가능성이 높겠어."

"그, 그렇지 않습니다. 말만으로 충분합니다."

요나스 후작은 깜짝 놀라 말했다. 사실 조금 전에 샤크가 했던 말은 헬레이스 제국의 황제를 능멸하는 말이었다. 샤크의 말은 제대로 통치하지 않으면 가서 모조리 박살을 내겠다는 뜻이었으니까.

따라서 본래라면 황제의 부하인 그가 크게 분노하며 호통을 내질러야 마땅했을 것이다. 그러나 상대가 마왕인데 그것이 어찌 가능하겠는가. 그는 어떻게든 샤크를 달래서 그가 헬레이스 제국에 어떤 위해도 가하지 못하도록 만들어야 할 상황이었다.

"글쎄! 말로 과연 충분한지 그거야 모르지. 루델, 네가 함께 다녀와라. 만일 이 녀석의 말대로 황제가 순순히 정신을 차리면 그냥 돌아오고 그렇지 않을 경우 협의가 뭔지 알려주고 오도록."

순간 루델의 안색이 환해졌다. 그녀는 그렇지 않아도 무려 1백 년 동안 입을 쓸 수 없어 성질이 나던 판에 이게 웬 신 나는 일인가 싶었다. 그때 샤크의 서늘한 눈빛이 그녀를 쏘아봤다.

"협행을 잘하고 돌아오면 백 년의 묵언 징벌을 특별히 면해 주겠지만, 만일 협행과 거리가 먼 짓을 했을 경우에는 각오하는 게 좋을 것이다."

"......!"

루델은 움찔 놀라더니 이내 비장한 눈빛으로 고개를 끄덕였다. 반드시 협행을 협행답게 완수하고 돌아오겠다는 듯,

최대한 의기로운 표정도 지어 보였다.

그리고 실제로 그녀는 필사적으로 협행을 할 생각이었다. 1백 년의 묵언 형벌을 면할 수 있는 좋은 기회를 놓칠 그녀가 아니었던 것이다.

슥. 스윽.

루델은 즉시 땅바닥에 흑색의 마법진을 그렸다. 곧바로 그녀는 샤크를 향해 꾸벅 허리를 숙여 인사를 하고는 요나스 후작과 함께 마법진 위로 올라갔다.

화아아악!

그 순간 마법진에서 일어난 빛이 루델과 요나스 후작의 몸을 휘감았다. 잠시 후 빛이 사라진 후에는 마법진은 물론이고 루델과 요나스 후작의 모습도 어디론가 사라져 보이지 않았다.

'그것참 편해 보이는군.'

샤크는 사실 마법진을 만들 줄 모른다. 루델 또한 마법진을 펼치는 방법을 본래부터 알고 있던 것이 아니라 예전에 알고 지내던 드래곤에게 배웠다고 했다.

어디 마법진만 편하겠는가? 그 밖에도 삶에 있어서 유용한 마법은 무수히 많으리라. 아쉽게도 샤크가 알고 있는 마법은 모조리 박살을 내거나 죽이거나 저주를 내리는 것밖에 없었다.

'마탑이라는 곳에 가면 마법을 배울 수 있다고 했던가?'

본래 샤크는 자신이 직접 헬레이스 제국의 황궁에 가서 황제를 손보는 일을 할 마음도 있었지만 그만 생각이 바뀌었다. 그보다는 오늘 떠올린 새로운 취미에 매진하는 것이 나아 보였다.

협행이야 부하들이 알아서 할 일이다. 앞으로 샤크는 취미나 즐기며 살 생각이었다.

본래 라우벤의 딸 비니안의 결혼식이 끝나면 라우벤과 함께 환야의 넓은 세계로 나가 여행을 할 예정이었지만, 지금 그의 머리는 마법을 배우겠다는 생각으로 가득 차 있었다.

'어디로 가 볼까? 하긴 아무 데나 마탑이 있는 곳이면 되겠지.'

샤크는 발길이 닿는 대로 걸었지만, 느릿한 듯 걷는 그의 속도는 바람보다 빨랐다. 그의 신형은 일순간 홀연히 어딘가로 사라져 버렸다.

* * *

며칠 후 샤크는 먼터 왕국 동쪽 멀리에 위치한 스케딘 왕국의 도시 중 한 곳인 메디안에 도착했다. 메디안에는 스케딘 왕국 최고의 마탑이라는 카이트 마탑의 본부가 위치해 있었다.

'마법을 배우려면 마탑에 들어가는 것이 가장 빠르다고 했던가?'

마탑의 회원이 되면 마법을 배울 수 있는데, 아무나 회원으로 받아 주지는 않았다. 스케딘 왕국의 귀족이거나 혹은 마탑의 마법사들이 제자로 들일 만큼 마법에 재능이 있어야 했다. 다만 예외적으로 마탑에 5백 골드 이상의 금액을 기부한 자에게도 특별히 회원 자격을 주긴 했다. 마탑의 재정 확보를 위한 이유에서였다.

샤크는 아공간에 적지 않은 돈을 가지고 있었기에 5백 골드 정도를 기부하는 건 일도 아니었다. 곧바로 그는 카이트 마탑의 3급 회원이 되었고, 그때부터 기초적인 마법을 배울 수 있었다. 또한 마탑 본부 지하에 위치한 마법 도서관의 열람도 가능했다.

'차근차근 배우도록 하자.'

마탑에서 샤크는 평범한 마법학도처럼 조용히 지냈다. 웬만한 일은 신경도 쓰지 않았고 오직 마법을 연구하고 배우는 데만 집중했다.

세상에 새로운 것들을 배우고 익히는 것처럼 즐거운 일이 어디에 있을까? 마법을 배우고 연구하는 동안에는 그가 마왕이라는 사실조차 잊었다.

스케딘 왕국 최고의 마탑답게 본부에는 기초부터 상급 마법사에 이르기까지의 과정이 잘 개설되어 있었는데, 샤크는 불과 3년 만에 전 과정 이수를 완료했다.

3년이라는 짧은 시간에 마법의 문외한이던 샤크가 상급 마법사가 된 것은 가히 기적 같은 일이었다. 처음 샤크가 나타났을 때만 해도 별달리 주시를 하지 않았던 카이트 마탑에서는 이제 샤크를 천재 마법사로 인정하며 향후 마탑을 빛낼 최고의 대마법사가 될 것이라 기대했다.

그러나 샤크는 말 한마디 없이 어느 날 홀연히 카이트 마탑을 떠났다. 더 이상 배울 것이 없다는 이유에서였다. 그러고는 다른 왕국의 마탑으로, 또 다른 왕국의 마탑으로 계속 마법 여행을 떠났다.

그런 식으로 시간은 계속 흘렀고 어느덧 샤크가 마법을 배운지 10여 년의 시간이 지났을 때, 그는 헬레이스 제국 최고의 마탑이자, 대륙 최고의 마탑이라는 미나스 마탑 도서관에 처박혀 있었다.

'진작에 이곳에 올 걸 그랬군.'

다른 모든 마탑 도서관에 있는 마법 서적을 합해 놓은 것보다 이곳 미나스 마탑 본부 비밀 도서관에 있는 마법 서적의 양이 더 많았다. 고대의 희귀한 마법서도 적지 않았고, 심지어 금기된 마법서라는 흑마법서도 잔뜩 있었던 것이다.

그런 만큼 이곳 비밀 도서관의 출입은 미나스 마탑에서도 최상급 마법사 이상에게만 허락되어 있었다. 물론 샤크는 그런 것에 제약이 되지 않았다. 작정하고 무극무영신의 신법을 펼치면 그 누구도 그가 이곳 도서관에 들어오는 것을 눈치챌 수 없으니까.

그러나 굳이 그럴 필요가 없는 것이 지난 10여 년의 마법 수련을 통해 샤크는 이미 헬레이스 제국에서도 몇 안 된다는 마스터급 마법사가 된 터였다. 미나스 마탑에서도 차기 마탑주로 샤크를 주목하고 있을 정도이다 보니, 그가 비밀 도서관에 들어가 마법 연구를 하는 것에 이의를 제기할 자는 아무도 없었다.

그렇게 다시 샤크는 고대 마법 서적 속에 파묻혔고 시간은 유수처럼 흘러갔다.

* * *

"로드께서는 대체 어디에 계신다는 말인가?"

거대한 대검을 손에 든 붉은 머리 장한. 그는 다름 아닌 라우벤이었다. 붉은 숲의 검사이자 먼터 왕국의 영웅인 그는 지난 15년 동안 클라우드 대륙을 떠돌며 샤크를 찾아다녔다.

15년 전 딸 비니안과 롤란드의 혼사를 마친 후 라우벤은 먼터 왕국 오마다 영지의 쉬드 성에서 샤크가 돌아오길 목 빠져라 기다렸다. 그러나 반년이 지나도록 샤크가 나타나질 않자 결국 그가 직접 찾아 나섰지만, 지금껏 샤크의 종적은 묘연했다.

어쩔 수 없이 지금은 본래 그가 거하던 오마다 영지의 붉은 숲으로 돌아가 검술 수련에 매진하고 있었다. 언젠가 샤크가 이곳으로 찾아오기를 기대하며 말이다.

그런데 샤크를 기다리는 이는 라우벤뿐이 아니었다. 샤크의 명령을 받고 협행을 떠난 최상급 마족 루델 역시 지난 15년 동안 샤크를 찾아다니는 중이었다.

'미치겠네! 대체 로드는 어딜 간 거야?'

15년 전 그녀는 헬레이스 제국의 황궁을 뒤집어엎었다. 요나스 후작의 말과 달리 황제 등은 샤크의 경고를 무시했기에 부득불 그녀는 발작을 하지 않을 수 없었고, 그로 인해 기존의 황제가 폐위되고 새로운 황제가 선임되는 등, 먼터 왕국에서 벌어진 일과 흡사한 대난리가 헬레이스 제국의 황궁에서도 벌어졌다.

그녀의 협행 덕분인지 그 이후로 15년 동안 헬레이스 제국은 물론이고 클라우드 대륙은 매우 평화로웠다. 문제는 그녀가 샤크를 만나지 못해 여전히 묵언 상태를 유지해야 한다는 것에 있었다.

'아아아악! 정말 이러다 돌아 버리겠구나. 협행을 하면 묵언의 징벌을 면하게 해 준다고 하고선 어디로 사라진 거야 대체?'

생각 같아서는 그냥 얼굴에 다시 입을 만들고 마음껏 떠들고 싶은 심정이었지만, 로드인 샤크의 허락을 받지 않고 그런 일을 벌일 수는 없는 터라 루델은 미치고 팔짝 뛰다 못해 죽을 지경이었다.

그래도 처음에는 금방 찾을 줄 알았다. 인간들 중에서 2로빗이 넘어가는 장신을 가진 샤크의 외모는 워낙 독특해서 금세 눈에 띄기 때문이었다. 그러나 샤크의 종적은 묘연했다. 그렇게 15년이 지난 지금까지도 루델은 입 없이 대륙을 떠돌고만 있었다. 사라져 버린 로드를 찾아서 말이다.

사실 라우벤과 루델이 샤크를 찾지 못했던 이유는 샤크

가 자신의 외모를 바꾸고 오직 마탑의 도서관 등에만 처박혀 있었기 때문이었다.

외모 변신술은 소마왕인 샤크에게 본래부터 있는 능력으로, 그는 위압적인 자신의 외모에 사람들이 놀라지 않도록 일부러 평범하면서도 인상 좋은 초중년의 모습으로 변했다.

게다가 이름도 샤크가 아닌 테사로 바꿨다. 샤크라는 이름이 도처에 알려진 터라 주목을 받게 되면 마법 연구에 지장이 생기기 때문이었다. 무언가에 집중할 때는 아주 별것 아닌 일이라도 무척 신경 쓰이게 되니까.

샤크는 물론 이렇게 외모와 이름을 바꾸게 되면 루델이 자신을 찾아오기 쉽지 않으리란 사실을 모르지 않았다. 따라서 적당히 때가 되면 루델을 찾아 나설 생각이었다.

그러나 막상 마법 연구에 파고들다 보니 그 생각은 까맣게 잊어버렸다. 그의 학구열은 끝도 없었고 그런 식으로 어느덧 15년이라는 세월이 흘러 버린 것이다.

그리고 지금도 그는 여전히 미나스 마탑의 비밀 도서관에서 고대 마법 서적들 사이에 파묻혀 있었다. 아마 그는 그곳에 있는 모든 마법 서적들을 다 독파한 후에야 비로소 만족하고 루델을 찾아 나설 것이 분명했다.

그렇게 다시 세월이 몇 년 흘렀다.

어느덧 샤크가 사라진 지 20년 가까운 세월이 지났다. 세월의 흔적으로 인해 머리가 반백으로 하얗게 변했다가 얼마 전 검술이 새로운 경지에 이르며 다시 머리가 까맣게 변한 라우벤은, 20년 전에 비해 오히려 훨씬 젊어진 외모로 변해 있었다. 마치 20대 후반의 청년같달까?

획! 휘익!

그는 오늘도 붉은 숲의 공터에서 대검을 휘두르며 검술 수련에 매진하고 있었다. 그러다 그는 문득 하늘이 어둑해진 것을 보고는 재빨리 수련을 마쳤다.

"허! 이런! 벌써 저녁때가 되었구나. 내 정신 좀 봐라. 우리 로니안 배가 고프겠구나. 어서 가서 맛있는 요리를 해 줘야겠다."

로니안은 올해 15세 소녀로 비니안의 딸이었다. 비니안은 20년 전 롤란드와 결혼 한 후, 아들 하나에 딸 둘을 낳았다.

로니안은 셋 중 막내로, 성격이 엄마 비니안의 어린 시절을 쏙 빼닮아서 온갖 사고를 치기 일쑤였다. 결국 비니안은 로니안을 붉은 숲에 있는 라우벤에게 맡겼다. 정신 교육 좀 시켜 달라는 부탁과 함께 말이다. 벌써 1년도 더 된 일이었다.

과연 그동안 로니안은 정신을 좀 차렸을까? 다른 사람들이 보면 무서운 할아버지 밑에서 예의 바른 착한 소녀가 되었으리라 기대하겠지만, 이전보다 별반 달라진 것은 없었다. 이제는 딸바보가 아닌 손녀바보가 된 라우벤이 손녀가 해 달라는 건 뭐든 다 들어줬기 때문이었다.

 사실 라우벤에게는 손녀 로니안이 숲에 와 있는 것이 그렇게 좋을 수가 없었다. 손녀만 보면 그저 입가에 흐뭇한 미소가 떠올랐다. 손녀가 무슨 짓을 해도 그저 예쁘기만 했다.

 어둑한 지하 밀실.

 찰랑거리는 금빛 머리 사이로 보석처럼 반짝이는 푸른 눈동자를 가진 미소녀. 그녀의 이름은 로니안이었다.

 '오늘은 반드시 마왕이나 마족을 소환하고 말 거야. 설마 여기서 엄마가 보던 흑마법서를 발견하게 될 줄을 누가 알았겠어?'

 밀실의 바닥에는 복잡한 도형들의 모양이 얽히고설킨 주술진이 그려져 있었고, 그 주술진의 중앙에 로니안은 가부좌를 틀고 앉아 있었다.

 '기왕이면 마족 보다는 마왕이 나타나면 좋을 텐데. 호호! 근데 마왕이 나타나면 무슨 소원을 빌까? 마왕은 꼭 소원을 물어본다고 했으니 소원을 생각해 둬야겠지. 역시 그

게 좋겠어.'

로니안은 소원을 하나 떠올리고는 의미심장한 미소를 지었다. 안타깝게도 예전의 비니안이 그랬던 것처럼, 로니안 역시 이것이 얼마나 위험하고 끔찍한 일인지에 대한 자각이 없었다. 마왕이나 마족이 소원을 들어준 대가로 그녀의 영혼을 취할 것임을 안다면, 결코 이런 철없는 짓을 하지 않았을 텐데 말이다. 그 엄마에 그 딸이었다.

"강림! 강림! 마왕이여 강림하소서!"

이윽고 로니안은 주문을 외우기 시작했다. 책에 나온 내용 그대로.

"오오! 위대한 마의 힘이여! 부디 나의 앞에 나타나 주소서……."

로니안의 표정은 매우 진지했다. 그 사이 미약하게나마 모아 놓은 어둠의 마나를 끌어 올리며 마왕이 나타나기를 간절히 기다렸다.

잠시 시간이 흘렀을까? 그녀가 앉아 있는 주술진이 갑자기 세차게 흔들렸다.

드드드드!

로니안의 두 눈이 커졌다. 바닥에 그려 놓은 주술진이 흔들린다는 건? 그것은 곧 집 자체가 흔들린다는 뜻이었다.

지진이라도 난 듯 땅이 흔들리고 있었다. 그녀는 벌떡 일어나 주술진을 살폈다.

'뭐, 뭔가가 나타나는 게 분명해.'

로니안은 심장이 떨렸다. 호기심 못지않게 두려운 생각도 들었다.

'아. 정말로 마왕이 나타나면 어떻게 하지? 그가 그냥 소원만 들어주고 돌아가면 좋을 텐데. 만일 무서운 대가를 요구하면 어떻게 해?'

로니안은 고동치는 가슴을 진정시키며 흔들리는 주술진을 조심스레 살폈다. 그 사이 주술진 주위로 시커먼 안개 같은 것이 피어났는데, 그 안개가 서서히 옅어지며 드러난 존재.

그는 놀랍게도 대략 열 살쯤 되어 보이는 어린 소년이었다. 갑자기 웬 소년이 나타난 것일까? 그것도 매우 귀여운 얼굴의 소년이었다. 로니안의 두 눈이 휘둥그레졌다.

자줏빛 머리카락 사이로 드러난 해맑은 두 눈동자. 말랑말랑한 볼살은 꼬집어 주고 싶었고, 깨물어 주고 싶기도 했다.

그런데 이상하게도 로니안은 소년의 가까이로 접근할 수 없었다. 소년은 그녀가 몇 걸음만 걸어가면 도달할 수 있는 거리에 있었는데, 마치 뭔가 알 수 없는 장벽이 가로막고 있는 듯한 발짝도 나아가지 못했다.

"안녕?"

그때 소년이 순진무구해 보이는 미소를 지으며 말을 건넸다. 로니안은 경계를 풀지 않고 소년을 노려봤다.

"넌 누구니?"

"매릭."

"매릭?"

"그게 내 이름이야."

"그렇구나."

로니안은 잠시 멍해졌다. 그녀는 분명 마왕이나 마족을 소환하는 주문을 외웠는데, 난데없이 매릭이라는 이름을 가진 귀여운 소년이 나타났으니 이게 웬일인가 싶었다. 그때 매릭이 두 눈을 반짝이며 물었다.

"누난 이름이 뭐야?"

"로니안."

"소원은?"

"뭐?"

그러자 매릭이 양손을 퍼더니 어깨를 으쓱했다.

"날 불렀으면 소원을 말해야지."

소원이라니. 그럼 설마 매릭이? 로니안의 두 눈이 커졌다.

"그럼 너 혹시 마족인 거야?"

로니안은 매릭의 외모를 볼 때 결단코 마왕은 아니라 확신했다. 마왕이 이렇게 어리고 귀여운 소년의 외모를 하고 있을 리는 없었으니까.

그런데 로니안이 마족이냐고 묻자 소년 매릭의 눈빛이 일순 섬뜩하도록 차갑게 변했다가 다시 온화하게 돌아왔다. 그것은 워낙 순식간에 벌어졌던 일이라 로니안은 눈치채지 못했다. 매릭은 빙그레 웃었다.

"좋아. 마족이라고 해 둘까?"

"마족이라고 해둔다니, 너 원래는 마족이 아니라는 거야?"

로니안이 뭔가 의혹 어린 눈빛을 지었지만 매릭은 환하게 웃기만 했다.

"누나! 그게 뭐 그리 중요해? 그냥 소원만 들어주면 되는 거잖아."

"그건 그렇지만……."

"헤헷! 복잡하게 생각할 것 없어. 누나는 소원을 이루기 위해 날 부른 거고, 난 그 소원을 들어주면 되는 거고. 그럼

마법을 배우다 237

끝나는 거야. 아주 간단하지."

"듣고 보니 간단하긴 하구나."

매릭이 너무도 착해 보이는 미소를 연신 짓고 있는 터라, 로니안의 입가에도 어느덧 미소가 감돌았다. 물론 한편으로는 여전히 꺼림칙한 느낌이 없지는 않았지만, 그녀가 볼 때 이렇게 착해 보이는 매릭이 뭔가 무서운 일을 저지를 것이란 생각은 들지 않았다.

'후훗, 잘됐어. 아주 착한 마족을 만나 다행이야.'

로니안은 매릭이 설령 마족이 아닌 마왕이라 해도 별로 걱정할 것이 없을 듯했다. 도무지 나쁜 일은 한 번도 해 보지 않았을 것처럼 착한 표정을 짓고 있으니 마치 천사처럼 느껴지기도 했던 것이다.

"그럼 이제 내 소원을 말할게."

"응, 주저 말고 말해 봐."

매릭은 고개를 끄덕이고는 두 눈을 초롱초롱 빛내며 로니안을 쳐다봤다. 로니안은 미리 생각해 둔 소원을 얘기했다.

"실은 할아버지가 오래도록 사람을 한 분 찾고 있어. 그의 이름은 샤크. 그런데 그가 어디에 숨었는지 도통 찾기가 어려운가 봐. 넌 그가 어디에 있는지 찾을 수 있어?"

로니안의 소원은 다름 아닌 할아버지 라우벤을 위한 것

이었다. 그녀는 라우벤이 간혹 혼잣말로 중얼거리는 소리를 들었던 것이다.

로니안이 비록 아직 세상 물정 모르는 철부지 소녀이긴 하지만 그래도 할아버지 라우벤을 위해 뭔가를 하나 해 주고 싶은 마음이 있었다. 라우벤처럼 로니안을 무조건적으로 위해 주는 사람은 없었기 때문이었다.

그런데 매릭이 뭔가 못마땅한 듯 인상을 찌푸리더니 물었다.

"고작 사람 하나 찾으려고 날 부른 거야?"

"그럼 안 돼?"

"안 될 거야 없지만 소원치고는 너무 소소한걸. 나중에 후회하지 말고 좀 더 화려한 소원을 말하는 게 어때?"

"화려한 소원?"

"여왕이 되게 해 달라든지, 아니면 엄청난 부자가 되게 해 달라든지, 뭐 그런 거 있잖아?"

그러자 로니안은 픽 웃었다.

"난 또 뭐라고. 그런 건 관심 없어. 난 샤크라는 분만 찾아 주면 돼."

매릭의 두 눈이 기이하게 빛났다.

"좋아. 나중에 후회하지 마. 그걸로 누나의 소원은 접수

된 거야."

"응. 물론이야. 이제 그가 어디 있는지 알려 줘."

"알아봐 주는 게 아니라 바로 이곳으로 데려올 수도 있지."

"정말?"

"당연하지. 내게 그런 건 아주 간단한 일이거든."

로니안의 두 눈이 커졌다. 이렇게 쉽게 일이 해결될 줄이야. 라우벤이 기뻐하는 표정을 짓는 모습을 상상한 로니안의 입가에 미소가 피어났다.

'이제 그 샤크라는 자를 찾는 건 시간문제야. 할아버지께서 무척 기뻐하시겠구나.'

로니안은 자신이 무슨 일을 벌이고 있는지도 모르고 그저 좋아하고 있을 뿐, 매릭의 두 눈에서 이따금씩 섬뜩하도록 차가운 안광이 번쩍이고 있음을 눈치채지 못했다.

"뭐 해? 그럼 어서 그를 데려와야지."

"아, 잠깐만! 무턱대고 샤크라는 이름만 대면 내가 그를 어떻게 찾아? 일단 그의 인상착의를 말해 주고 그가 소지했던 물건이나 혹은 그가 머물렀던 장소를 말해 주면 좋겠는데?"

"음, 키는 2로빗이나 되고 아주 잘생긴 남자라고 했어. 성질은 아주 더러운데……."

"좋아. 그가 소지했던 물건이나 잠시라도 머물렀던 장소는?"

"그러고 보니 예전에 그가 이곳에 한동안 머물렀다고 했어. 그런데 아주 오래전인데 괜찮아? 한 이십 년도 더 됐다고 했거든."

그러자 매릭은 입가를 살짝 비틀며 웃었다.

"헷! 고작 이십 년? 그 정도밖에 안 지났다면 그의 잔상이 이곳에 남아 있을 거야. 일이 생각보다 쉬워지겠는 걸."

매릭은 20년 전을 마치 며칠 전처럼 얼마 안 되는 시간이라 생각하는 듯했다. 곧바로 두 눈을 감았다가 번쩍 뜬 매릭은 손을 슥 휘저으며 물었다.

"발견했어. 이자가 맞아?"

순간 앞쪽에 웬 환영이 하나 나타났다. 2로빗의 장신에 멋들어진 외모를 가진 흑발 청년의 환영이었다. 로니안의 두 눈이 휘둥그레졌다. 그녀가 말로만 듣던 샤크의 외모와 비슷해 보였던 것이다.

"그래. 바로 저분일 거야. 벌써 그가 어디에 있는지 찾은 거야?"

"뭐, 아직은 아니고. 잠시 후면 찾을 거야. 이곳 대륙에 있는 것이 확실하다면 말이지."

매릭은 기이한 미소를 지으며 말을 이었다.

"그럼 이제 나도 내 조건을 말하겠어."

"너의 조건? 그냥 소원을 들어주는 게 아니었어?"

"흐! 설마 누나는 날 공짜로 부려 먹으려고 한 거야?"

"그건 아니지만······."

로니안은 조건이라는 말에 다소 꺼림칙한 표정을 지었다. 마족이 내건 조건은 결코 단순하지 않을 것이란 생각에서였다. 그러자 매릭이 싱글거리며 말했다.

"너무 염려 마. 내 조건은 다른 녀석들에 비해 그리 무리한 건 아니거든. 또한 선택도 할 수 있지."

"선택?"

"이제부터 내가 말한 세 가지 중에서 하나만 선택하면 돼."

"어떤 것들인데?"

세 가지 조건 중에서 한 가지를 선택할 수 있다고 하니 로니안은 왠지 마음이 놓이는 기분이었다. 그녀는 그중에서 가장 만만한 조건을 선택하겠다는 생각으로 매릭을 쳐다봤다. 매릭이 입을 열었다.

"첫째는 죽는 거야."

"뭐? 죽어?"

"물론. 그게 사실 가장 일반적인 조건이거든. 누나도 그 정도 각오는 하지 않았어? 설마 날 불러서 거저 부려 먹을 생각이었던 거야?"

"그건 아니지만."

"너무 염려 마. 누나의 소원이 이뤄지기 전까지는 절대 죽이지 않을 테니까."

착하고 귀여워 보이기만 했던 매릭이 난데없이 사악한 고리대금업자와 흡사한 살벌한 눈빛을 번뜩이며 로니안을 노려봤다. 그러나 외모가 워낙 귀엽다 보니 그 모습도 왠지 귀여워 보이는 것이었다.

그러나 지금은 그게 중요한 것이 아니었다. 죽다니. 이게 무슨 말인가? 로니안은 기겁하며 뒷걸음질 쳤다.

"잠깐! 난 죽기 싫어. 그런 조건은 들어줄 수 없어!"

"잘 생각해 봐. 인간은 언젠가 죽어. 누나도 당연히 죽게 될 거야. 어차피 죽을 것 누나가 할아버지의 소원을 들어주고 죽는 거니 얼마나 기특하게 생각하시겠어? 안 그래?"

"흥! 그럴 리가 없어. 내가 죽는다면 할아버진 매우 슬퍼

하실걸. 아무튼 난 죽기 싫어. 그 조건은 절대 안 돼!"

로니안은 한사코 안 된다는 표정으로 단호하게 고개를 흔들었다. 그러자 매릭은 왠지 아쉽다는 듯 입맛을 다시더니 말을 이었다.

"쩝! 그렇다면 어쩔 수 없지."

"두 번째 조건은 뭔데?"

"나의 노예가 되는 거야."

"뭐?"

"노예. 무슨 뜻인지 몰라?"

로니안은 인상을 찌푸렸다. 노예라는 말을 그녀가 어찌 모르겠는가?

"알지만 왜 조건이 그런 것들뿐이야?"

"큭! 그러니까 나의 노예가 되기도 싫다는 뜻이군."

매릭이 기분 나쁘다는 듯 로니안을 차갑게 노려봤다. 방금 전까지는 그래도 살벌하지만 귀여운 인상이었던 그의 표정이 돌연 음침하면서도 험악하게 변하자, 로니안의 가슴은 철렁 내려앉는 듯했다.

'무, 무서워……!'

비로소 그녀는 뭔가 잘못되었다는 생각에 몸을 떨었다. 그녀는 다시 뒷걸음질 치며 말했다.

"됐어! 소원 안 들어줘도 되니 그냥 돌아가. 나 너와 거래 따위는 안 할 거야."

그러자 매릭이 쿡쿡 웃었다.

"감히 날 불러 놓고 그냥 돌아가라고? 그럴 수는 없지. 아무튼 두 번째 조건도 마음에 안 들어 하니 그럼 마지막 조건을 말하겠어."

"듣기 싫어. 그만 꺼져버리라고, 이 망할 자식아!"

로니안이 발악하듯 외쳤지만 매릭은 그것이 오히려 더욱 흥미진진한 듯 입가에 장난스러운 미소를 피어 올리며 말했다.

"세 번째 조건은 이모털 무타티오의 축복을 받는 거야."

"이모털 무타티오? 그게 뭔데?"

"쉽게 말해 불사의 삶을 살게 되는 거지. 누난 이제 선택의 여지가 없어. 앞선 두 가지 조건을 마다했으니까, 무조건 이걸 받아야 해."

"말도 안 돼. 그런 억지가 어디 있어?"

불사의 삶이라는 말에 왠지 호기심이 들기도 했지만 그래도 꺼림칙한 것은 어쩔 수 없었다. 혹시라도 언데드와 같은 존재가 될 수도 있다는 우려에서였다. 마족이라면 충분히 그런 짓을 하고도 남을 것이다.

"너 설마 날 언데드로 만들려는 거야?"

순간 매릭이 이마에 주름을 만들며 로니안을 사납게 노려봤다.

"언데드? 큭! 난 그런 하찮은 것 따위는 만들지 않아. 내게 그런 말을 하는 건 날 모욕하는 거야."

로니안은 언데드라는 말에 매릭이 저토록 기분 나빠할 줄은 몰랐다. 다행히 언데드가 될 신세는 면한 듯했다.

"그럼 대체 어떻게 불사의 삶을 살게 해 줄 건데?"

"말했잖아. 이모털 무타티오라는 축복을 펼쳐 줄 거라고. 그 축복을 받으면 누난 절대 죽지 않게 돼. 어때? 아주 신 나지?"

"정말로 죽지 않게 되는 거야?"

"후후후, 물론이라고. 두고 보면 알 거야. 그럼 이제 서로 조건이 맞으니 의식을 치를 차례야."

"의식이라니. 어떤 의식?"

그러자 매릭이 기이한 미소를 짓더니 로니안을 향해 뭐라고 주문을 외웠다. 순간 수십 가지의 화려한 색이 어우러진 광채가 매릭의 손으로부터 뻗어 나와 로니안의 몸을 휘감았다. 바로 그 순간.

"사악한! 냉큼 물러나지 못하겠느냐?"

싸늘한 음성과 함께 매릭과 로니안 사이로 누군가 나타났다. 로니안의 두 눈이 커졌다.

"할아버지?"

"로니안, 너는 뒤로 물러나 있거라. 저놈은 매우 위험한 놈이야."

대검을 손에 쥔 붉은 머리의 장한. 물론 그는 라우벤이었다. 그는 로니안과 맛있는 저녁을 먹기 위해 집으로 돌아왔다가, 난데없이 지하실에서 가공하기 그지없는 이질적인 기운이 느껴져 깜짝 놀라 달려왔다.

지하실에 내려왔더니 정체불명의 꼬마가 보였는데, 이질적인 기운은 다름 아닌 그 꼬마로부터 뿜어져 나오고 있었다. 비로소 그는 로니안이 뭔가 사고를 쳤음을 깨달았지만, 지금은 그것 가지고 뭐라고 할 때가 아니었다. 일단 저 사악해 보이는 꼬마 녀석을 처리하지 않으면 아주 큰 일이 벌어질 상황이었으니까.

그런데 매릭은 이미 라우벤이 근처로 접근해 오고 있었음을 알고 있었는지 별달리 당황하는 기색이 없었다. 오히려 입가에 차가운 조소를 띠울 뿐이었다.

"소용없는 짓이야, 인간."

"너는 누구냐?"

"매릭."

"이름 따윈 집어치우고 정체를 밝혀라."

대뜸 호통을 날리는 것과는 달리 라우벤의 안색은 딱딱하게 굳어 있었다. 그는 소년 매릭 앞에서 가슴이 꽉 막히는 것 같은 답답함을 느꼈다. 그것은 그가 자신이 도무지 어떻게 해 볼 수 없는 강적임을 의미했다.

그것은 매우 충격이 아닐 수 없었다. 이미 20여 년 전에 소드 마스터의 경지를 뛰어넘어 그랜드 마스터에 이르렀고, 또한 리자드맨 마갑주를 만들었던 놈과의 전투에서 다시 또 한계를 초월한 터였다.

그 스스로도 자신이 얼마큼 강해졌는지 모를 정도로 강해졌다. 로드인 샤크를 제외한다면 누구에게도 당하지 않을 자신이 있을 만큼 말이다.

그런데 이 정체불명의 자그만 꼬마 녀석 앞에서 절망을 느끼다니, 대체 이게 말이나 되는 소리인가. 그러나 라우벤은 매릭의 앞에서 도무지 힘을 쓸 수가 없었다. 손에 쥐고 있는 대검이 갑자기 수천 배는 무거워진 듯 그것을 들고 있기조차 버거웠다.

"이, 이게 어찌 된······."

라우벤은 이를 악물고 대검을 휘둘렀다. 그의 두 눈에서 시퍼런 안광이 번뜩이는 순간 그의 대검이 전방에 사선을 그렸다.

쒸익!

대검은 정확하게 매릭의 어깨부터 허리까지를 비스듬하게 갈라 버렸다.

스커컥!

대검이 뼈와 살을 가르는 소리가 들렸고 피가 튀었다. 그러나 그것뿐이었다. 잘려진 뼈와 살이 금세 다시 붙어 버렸고 매릭은 아무런 일도 없었다는 듯 멀쩡한 상태로 그 자리에 서 있었다.

"인간치곤 꽤 하는군. 하지만 그래 봤자 내겐 안 돼."

"으득! 요망한 놈! 네 정체가 뭐냐?"

그러자 매릭이 입가를 비틀며 웃었다.

"내 정체를 알게 되면 네겐 절망일 뿐이지. 그래도 알고 싶다면 알려줄 수는 있어. 어때? 그래도 알고 싶어?"

이렇게 물어보니 왠지 듣고 싶지 않은 느낌이 들었다. 들었다가는 정말로 절망을 하게 될지도 모른다는 불안감이 엄습해 왔던 것이다. 그러나 라우벤은 침을 퉤 뱉으며 말을 내뱉었다.

"크흐흐! 조그만 애새끼 주제에 꽤나 신비한 척하는구

나. 어디 네 정체를 한번 까발려 봐라. 내가 놀라는지 안 놀라는지 나도 궁금하니까."

그러자 매릭이 오른손의 집게손가락을 튕기며 말했다.

"내 스스로 나의 정체를 말한다는 건 우스운 일이지. 이제 네가 내 앞에서 얼마나 가소로운 존재인지 느껴 보아라."

매릭의 손가락으로부터 휘황찬란한 광채가 일어나 라우벤의 몸을 휘감았다. 라우벤은 전신에 힘이 쫙 빠져버렸다. 그의 정신이 마치 거대한 암흑의 홀 속에 빠져드는 듯한 섬뜩한 느낌에 몸서리치는 순간 그는 자신의 몸을 이루고 있는 이질적인 육체를 느낄 수 있었다.

'이, 이게 뭐냐?'

상체는 동일한데 하체는 뱀과 같은 모습이라니! 두 다리는 대체 어디로 사라져 버린 것인가? 그가 기겁할 사이도 없이 그의 두 눈에 들어오는 또 다른 경악할 만한 존재가 있었다.

얼굴은 쥐의 형상에 인간 소녀의 몸체를 가진 몬스터! 그것이 본래 누구였는지를 아는 것은 그리 어렵지 않았다. 로니안이 입고 있던 옷을 그대로 입고 있었으니까.

'크으! 이건 말도 안 되는 일이다.'

라우벤은 지금 상황을 받아들이기 힘들었다. 현실이 아닌 꿈이었으면 좋겠다. 살면서 이런 생각을 해본 적은 별로 없었지만 지금은 정말로 간절했다.

그 자신이 '나가'라는 저주받은 몬스터로 변한 것이야 그렇다 치자. 눈에 넣어도 아프지 않을 손녀 로니안이 '라따'라는 몬스터로 변한 모습을 보니 피가 거꾸로 솟구치는 듯했다.

다행인지 불행인지 로니안은 자신이 아직 쥐의 얼굴로 바뀌었는지 알지 못했다. 그저 뭔가 몸이 이상하게 변한 것 같아 두 눈을 멀뚱멀뚱 뜨고 있을 뿐. 만일 거울이 있어서 자신의 얼굴을 보게 된다면 그녀는 기절초풍하고 말리라.

"크득! 이 사악한 놈! 빨리 저 저주를 풀지 못하느냐?"

라우벤은 매릭을 노려보며 외쳤다. 그러자 매릭은 쿡 웃더니 장난스러운 표정을 지었다.

"저주라니! 그게 왜 저주인가? 축복이라니까. 이제 너희들은 영원히 죽지 않는 몸이 된 거야. 바로 나 매릭에 의해서 말이야. 쿠하하하하!"

소년의 웃음소리로 볼 수 없는 굵직하고 거친 웃음소리가 매릭의 입에서 터져 나왔다.

"닥쳐라! 어서 저주를 풀지 못하느냐?"

"저주가 아니란 말이야. 믿기지 않나 본데 그럼 믿게 해 주지."

매릭이 오른손가락을 하나 튕기자 라우벤의 머리가 몸체에서 툭 떨어져 나가 버렸다. 목이 잘린 몸체에서 피가 솟구쳤고 몸체는 마구 몸부림을 치더니 축 늘어졌다.

"찌익! 하, 할아버지!"

라따 소녀 로니안이 경악하며 외쳤다. 그녀는 라우벤이 갑자기 나가라는 전설의 몬스터로 변한 것에 충격을 받은 상태였는데, 그의 목이 툭 잘려 죽임을 당하자 가슴이 철렁 내려앉고 말았다.

"찌, 찌익! 할아버지를 살려 내, 이 사악한 마왕아!"

자신의 입에서 인간이 아닌 이상한 몬스터의 음성이 흘러나오는 것을 알게 된 로니안은 미쳐 버리고 싶은 심정이었다.

'잘못됐어! 내가 원한 건 이런 게 아니었는데…… 모두 다 내 잘못이야.'

로니안은 비로소 자신이 무슨 끔찍한 짓을 저질렀는지 알게 되었다. 그녀가 소환한 매릭은 귀여운 소년 마족이 아니라 사악한 마왕이라는 것!

아무리 호기심이 잔뜩 들었다 해도 마왕 소환은 실로 끔찍한 일이었다. 물론 그녀는 그것이 실제로 이루어질 것이라고는 믿지 않았고, 설령 마왕이 나타난다 해도 이렇게 무서운 저주를 내리는 끔찍한 존재일 것이라고는 생각하지 못했던 것이다.

그녀는 후회가 막심했지만 이미 지나 버린 시간은 되돌릴 수 없었다. 할아버지의 죽음은 돌이킬 수 없을 것이다.

'흐윽! 할아버지!'

로니안은 눈물을 펑펑 흘리며 털썩 주저앉았다. 이제 살아서 무엇하리. 어차피 마왕이 살려두지도 않겠지만 그녀 역시 살고 싶은 생각이 없었다.

그런데 그때 아주 기괴한 일이 벌어졌다. 두 토막으로 분리되어 죽은 나가 라우벤의 사체가 눈처럼 흐물흐물 녹아들더니 한데로 모여들기 시작했던 것이다.

스스스. 스스스스.

마치 슬라임처럼 꿈틀대던 그것은 이내 하나의 형상을 이루었다. 얼굴은 돼지의 형상에 인간의 몸을 가진 몬스터. 다름 아닌 오크였다.

"취익! 이게 뭐, 뭐냐?"

"뭐긴. 오크지. 내가 뭐라고 했어? 넌 죽지 않는다고 했잖아. 넌 앞으로 죽게 되면 임의의 다른 몬스터로 즉시 환생해서 부활하게 되는 거지."

"취익! 빌어먹을! 이번엔 오크냐?"

라우벤의 몸이 부들부들 떨렸다. 라따 소녀 로니안이 깜짝 놀란 표정으로 다가왔다.

"찌익! 할아버지! 할아버지 맞아요? 다시 살아난 거예요?"

특이한 건 그들이 서로 다른 몬스터의 음성을 발하고 있는데도 마치 인간의 말처럼 무슨 뜻인지 알아들었다. 라우벤은 즉시 고개를 끄덕였다.

"취익! 그런 것 같구나. 어떻게 된 건지는 모르겠다만."

"찌익! 어쨌든 살아나서 다행이에요."

"추익! 그러냐? 허허허."

이 와중에도 짐짓 미소를 지으며 로니안을 안심시키려는 손녀 바보. 그의 이름은 라우벤이었다. 그는 힐끗 매릭을 노려보며 물었다.

"취익! 말해 보아라. 대체 원하는 게 뭐냐? 왜 우릴 이 꼴로 만든 것이냐?"

그는 이제 무턱대고 흥분할 것이 아니라 대화를 시도하기로 작정했다. 자신 혼자서라면 죽기 살기로 덤벼 보겠지만 손녀 로니안이 있는 상황이라 그는 최대한 매릭의 비위를 맞춰 저주를 풀어 볼 생각이었다.

그러나 그의 그러한 내심을 매릭은 모두 알고 있다는 듯 비릿한 미소를 지으며 대답했다.

"너희들에게 뭘 원하느냐고? 쿡쿡! 물론 원하는 거야 많지. 그거야 차차 알게 될 거야."

"추익! 부탁이다. 나야 이러다 죽어도 상관없다만 로니안은 아직 어린 소녀다. 저 아이만이라도 저주에서 풀어 주면 안 되겠느냐?"

라우벤이 사정하자 매릭은 짐짓 안쓰럽다는 듯한 표정을 지었다.

"안타깝군. 하지만 어떻게 하지? 이모털 무타티오는 한 번 펼쳐지면 그 누구도 풀지 못해."

"취익! 그럼 영원히 저 꼴로 살아야 한다는 것이냐?"

"물론이지. 영원히. 쿠하하하!"

매릭은 사악해 보이는 미소를 지었다. 그 모습을 본 로니안은 손등으로 눈물을 훔치며 훌쩍였다.

"찌, 찌익! 흐윽!"

마왕의 저주를 받아 영원히 이 흉측한 몬스터의 형상으로 살아야 한다니 더욱 끔찍한 건 혹시라도 이 상태로 죽게 되면 또 어떤 괴상한 몬스터의 모습으로 변할지 알 수 없다는 것이다.

"취익! 울지 말거라, 로니안. 무슨 수를 써서라도 내가 네 저주를 풀어 주도록 하마."

"찌익! 아니에요. 저보다 할아버지가 더 걱정이에요."

호기심에 젖어 사고를 친 것은 자신인데 왜 할아버지까지 덩달아 저주를 받게 된 것인지. 그렇게 로니안도 조금씩 철이 드는 중이었다.

"취익! 나는 괜찮다."

라우벤은 인자한 미소를 지었다. 오크의 얼굴로 변한 그가 미소를 짓자 무척이나 어색해 보였지만 그래도 그는 그것 외에는 로니안을 안심시킬 방법이 없었다.

한편 그때 매릭은 뭔가가 마음에 들지 않은 듯 인상을 찌푸리고 있었다.

'이상하군. 분명 이곳 대륙에 있는 건 맞는데 어디에 있는지 위치 감지가 되지 않으니.'

대상을 알아낸 후라면 이 정도 작은 대륙 어느 깊숙한 곳에 숨어 있다 한들 그의 초광역 탐지 마법에 감지되지 않을 수 없었다. 대상이 인간이건 몬스터이건 혹은 드래곤이나 정령일지라도 그는 손쉽게 찾아낼 수 있기 때문이었다.

그러나 샤크가 어디에 있는지는 전혀 감지가 되지 않았

다. 그저 샤크가 클라우드 대륙 어딘가에 있다는 것 정도만 간신히 알아챘을 뿐이었다.

'이럴 리가 없는데? 아무리 내가 죽었다가 다시 살아났다고 해도 이따위 대륙에서 내 이목을 피할 만한 존재가 있다는 건 말이 안 되는 일이야.'

매릭은 물론 마왕이었다. 그는 대략 1천여 년 전에 환야의 한 용자에게 패해 죽임을 당했는데, 그가 가진 특별한 능력으로 1천 년 만에 다시 살아날 수 있었다.

아무리 마왕이라 한들 어떻게 죽었는데 다시 살아날 수 있다는 말인가? 당시 그는 분신이 아닌 본신이 파괴된 터였고, 그를 죽였던 용자도 그의 죽음을 완전히 확인한 후에야 돌아갔다.

그런데도 다시 살아났다는 것!

그것은 매릭이 환야의 세계에 존재하는 기이한 보물이라는 일루전 트레저 중 하나를 소유하고 있었기 때문에 가능한 일이었다. 이른바 부활의 무덤이라 불리는 보물!

이 특별한 일루전 트레저 덕분에 매릭은 죽고 다시 살아남을 반복할 수 있었다. 다만 그 능력을 사용하는 데는 모든 일루전 트레저가 그렇듯이 상당한 대가를 요구했다. 물론 그것은 인간의 영혼이었다.

따라서 그는 이제 부활의 무덤에 꽤 많은 인간의 영혼을 바쳐야 하는 상황이었다.

환야에는 인간들의 대륙이 무수히 많고, 잡아다 바칠 만한 인간들의 영혼도 셀 수 없이 많았지만, 문제는 곳곳에 용자가 포진해 있어 자칫하다가는 봉변을 면치 못할 수도 있었다.

그래서 가급적 용자가 없는 대륙을 찾아야 했다. 용자도 없고, 다른 마왕도 없는 비어 있는 대륙에서는 그가 부담 없이 인간들을 마구 죽여 영혼들을 갈취할 수 있을 테니까.

클라우드 대륙이 마침 딱 그런 곳이었다. 이곳은 용자도 없으며, 약탈을 자행하는 마왕도 없는, 말 그대로 주인 없는 땅이었다. 먼저 차지하는 곳이 임자인 땅인 것이다.

물론 환야의 무수한 세계에서 클라우드 대륙과 같은 곳을 찾기란 매릭이 아무리 마왕이라 해도 결코 쉬운 일은 아니었다.

그것을 가능하게 해 주는 것이 부활의 무덤이 가진 또 하나의 특별한 능력이었다. 늘 하듯이 그는 부활의 무덤에 누운 채로 누군가 자신을 불러 주기를 기다렸다. 물론 그가 오래 기다릴 필요는 없었다.

환야의 수많은 대륙에서 그야말로 갖가지 종자들이 마왕

을 간절히 찾으며 소환 주문을 외우고 있었기 때문이다. 그는 그중에서 마음에 드는 것을 선택해 소환에 응하면 되는 일이었다. 그는 소환자의 무의식을 읽어서 해당 대륙에 용자나 다른 마왕이 있는지 없는지 알 수 있었다.

때마침 로니안이 소환 주문을 외웠는데, 매릭이 볼 때 클라우드 대륙이야말로 거저먹을 수 있는 아주 만만한 땅이었다. 그래서 그는 망설이지 않고 로니안의 소환에 응한 것이었다.

따라서 이제 이곳 대륙을 접수하는 일만 남았다. 그 절차는 아주 간단했다. 그를 소환한 자의 소원을 들어주면 되는 것이다. 그렇게 되면 일루전 트레저인 부활의 무덤이 클라우드 대륙과 완전히 연결이 되는데, 그가 이곳에서 인간들을 죽일 때마다 그들의 영혼들이 모두 부활의 무덤으로 바쳐지게 되는 식이었다.

대체 얼마나 많은 인간의 영혼을 바쳐야 하는 것일까? 그것은 부활의 무덤이 만족할 때까지였다. 그 숫자가 얼마가 될지는 매릭도 알 수가 없었다.

그런데 지금 문제는 그것이 아니었다. 가볍게 들어줄 수 있을 것이라 생각했던 로니안의 소원이 생각보다 쉽지 않을 듯했던 것이다.

'큰일이다. 이대로라면 일루전 트레저를 잃어버릴 수도 있는데.'

 일루전 트레저는 적절한 대가를 지불하지 않으면 어디론가 사라져 버린다고 했다. 부활의 무덤도 마찬가지. 그런 일이 벌어지지 않으려면 수개월 이내에 수많은 인간들의 영혼을 바쳐야 할 것이다.

 그렇다고 무턱대고 사람들을 죽이면 될까? 그건 쓸데없는 짓일 뿐이다. 매릭이 계약자인 로니안의 소원을 들어주지 않으면 부활의 무덤과 클라우드 대륙은 연결되지 못하기 때문이었다.

 이 상태로 매릭이 아무리 많은 사람을 죽인다 한들 그들의 영혼은 부활의 무덤에 바쳐지지 않는다. 또한 매릭 역시 부활의 무덤으로 돌아가지 못하고, 사실상 그것의 지배력을 상실해 버리게 되는 것이었다.

 그런데 본래 이런 곤란한 상황은 쉽게 벌어지지 않는다. 인간들이 말하는 아무리 대단한 소원이라도 마왕에게는 손바닥 뒤집듯 간단한 일들이 대부분이기 때문이었다. 하물며 로니안이 말한 사람 찾는 일 따위는 사실 일이라고 할 수도 없을 정도였다.

 지금 상태라면 쉽지 않아 보였다. 마왕의 초광역 스캔 마법으로도 감지가 안 된다면 결국 직접 찾아 나서라는 말인데, 이 넓은 대륙 어디에 가서 그를 찾는다는 말인가?
 스캔 마법을 펼칠 때는 좁디좁은 대륙처럼 느껴졌지만, 실제 돌아다니며 찾기엔 엄청나게 넓은 대륙이다. 이는 마치 대륙의 상공을 비행할 때는 대륙이 무척 좁게 느껴지지만, 지상으로 내려가 걸어 다니게 되면 무척 넓게 느껴지는 것과 같은 원리였다.

"익스텐시브 스캔! 울트라 스캔, 얼티메이트 스캔!"

혹시나 싶어 매릭은 다시 초광역 스캔 마법들을 무더기로 펼쳐 보았다. 그러나 여전히 샤크의 위치는 찾을 수 없었다. 그는 대체 어디에 숨어 있는 것일까?

매릭이 생각할 때 이런 경우는 크게 두 가지로 볼 수 있었다. 하나는 그 샤크라는 인간의 마력이 매릭을 능가할 경우인데, 단순히 마력이 높은 것뿐만 아니라 매릭의 초광역 스캔 마법들을 무시해 버릴 만큼 뛰어난 마법 실력도 갖추어야 했다. 당연히 그건 애초부터 말도 안 되는 일이었다.

그것 말고 다른 경우는 샤크가 모든 종류의 스캔 마법으로부터 자신을 감추는 특별한 마도구를 가지고 있을 때였다. 아무래도 이 후자의 경우가 가능성이 높아 보였다. 그런 마도구가 결코 흔한 것은 아니지만, 그래도 구하자면 구할 수 있으니까.

'이럴 때가 아니야. 어서 그놈을 찾아야 한다.'

머뭇거리다간 실로 어이없이 그의 가장 귀한 소유물이며 보물이라 할 수 있는 부활의 무덤을 잃어버리게 되는 사태가 벌어지고 말 것이었다.

다른 보물들이라면 잃어버려도 상관없다. 또 어디 가서든 찾아내거나 약탈하면 되는 일이었다.

그러나 일루전 트레저인 부활의 무덤은 정말로 우연에 우연이 겹쳐 운 좋게 발견한 것으로, 이것을 잃어버리면 다시 찾는다는 것은 거의 불가능에 가까웠다.

그것은 곧 그가 두 번 다시 부활할 수 없음을 의미하리라. 그동안은 용자에게 죽임을 당한 후 일정 기간이 지나 되살아났는데, 부활의 무덤이 사라지면 그것이 불가능했다. 그 상태로 죽는 순간 끝장이라는 것!

'그건 안 돼! 그 샤크라는 놈을 빨리 찾아야 된다. 반드시!'

대체 어디에 가서 샤크를 찾을 수 있을 것인가? 솔직히 막막했다. 그러다 그의 입가에 의미심장한 미소가 맺혔다.

'큭! 그러고 보니 꼭 찾아다닐 필요가 있을까? 놈이 숨어 있다면 끌어내는 방법이 있지.'

아주 간단하지만 가장 확실한 방법! 그것은 샤크에게 소중한 존재들이 위기에 처해 있다고 소문을 내는 것이다. 라우벤과 로니안을 비롯해 그동안 그와 인연이 닿았던 모든 이들을 찾아내 모조리 저주를 걸고 괴롭히다 보면 그 소문이 샤크에게도 전해질 것이 분명하니까.

그런데.

매릭은 한 가지 크게 간과한 것이 하나 있었다. 그가 방금 전 샤크를 찾기 위해 광역 스캔 마법을 펼쳤을 때 샤크가 그것을 감지했을지도 모른다는 사실 말이다.

사실 그것은 샤크가 매릭과 최소한 엇비슷하거나 혹은 그보다 더 상위의 능력을 지닌 자여야 가능한 일이다 보니 애초부터 그럴 가능성은 배제한 터였다. 용자라면 모를까? 그는 설마 보통의 인간 중에 그만한 능력을 가진 이는 없을 것이라 생각했던 것이다.

* * *

무아지경 속에서 마법을 연구하고 있던 샤크는 돌연 두 눈을 번쩍 떴다.

'으음! 나를 찾기 위해 스캔 마법을 펼친 자가 누구인가?'

놀랍게도 클라우드 대륙 전체를 반경 안에 두는 초광역 스캔 마법들이었다. 그것은 헬레이스 제국 최고의 마탑인 미나스 마탑 소속 마스터급 마법사들이라 해도 꿈도 꿀 수 없었고, 심지어 루델과 같은 최상급 마족도 어림없는 일이었다.

물론 샤크에게는 그리 어렵지 않은 일이었다. 그럴 필요를 느끼지 않아서 하지 않고 있을 뿐. 사실상 마왕 정도가 아니면 꿈꾸기 어려운 마법인 것이다.

'이건 심상치 않은 일이군.'

샤크는 즉시 초광역 스캔 마법의 발원지를 역추적했다. 그곳은 놀랍게도 먼터 왕국이었다. 그것도 오마다 영지의 서편에 있는 붉은 숲!

'거긴 라우벤이 있는 곳인데?'

그 순간 샤크는 감회가 새로웠다. 그러고 보니 너무 세월이 흘렀다. 무려 20여 년씩이나. 물론 마왕에게는 잠깐 정도의 짧은 시간이지만 인간들에게는 매우 긴 세월이었다. 거의 한 세대가 흘러 버린 것이라 할 수 있었다.

'그동안 내가 너무 무심했구나.'

마법 연구에 빠져 새까맣게 잊고 있었다. 라우벤뿐 아니라 루델도.

'하긴 이제 슬슬 떠날 때가 되긴 했지.'

그동안 샤크는 미나스 마탑의 비밀 서고에 있는 모든 마법 서적들을 독파했고, 지금은 그 스스로의 새로운 마법을 창안하는데 골몰해 있던 터였다.

그러나 그러한 연구는 굳이 마탑에 남아서 할 필요가 없이 어디서든 그가 원하는 곳에서 가능한 일이었다. 따라서 더 이상 도서관에 처박혀 있을 필요가 없었다.

츠으읏!

곧바로 그는 붉은 숲의 상공으로 향하는 공간 이동 마법진을 그렸고 그대로 그의 몸은 마법진의 빛에 휩싸여 사라졌다. 모든 것은 그가 마음을 먹는 순간, 말 그대로 눈 깜짝할 사이에 벌어진 일이었다.

화아아악!

붉은 숲의 상공에 환한 빛무리가 일었고 샤크가 모습을 드러냈다. 그의 모습은 그가 마법을 배우기 위해 변신했던 테사의 모습이 아닌, 본래의 모습으로 돌아왔다. 20여 년 전의 모습 그대로. 그는 조금도 변한 것이 없었다.

'……이 기운은!'

멀리 있을 때는 확신하지 못했는데 가까이 와 보니 확연히 알 수 있었다. 샤크는 이 숲에 강한 마력을 지닌 존재가 있음을 감지했다. 그 마력은 마물이나 마족 정도가 낼 수 있는 것이 아니었다.

'마왕이 있군.'

샤크의 두 눈빛이 무섭도록 착 가라앉았다. 환야에 태어난 이래 두 번째로 만나는 마왕이었다. 첫 번째 마왕은 사실 마왕이라 할 수도 없는 약한 소마왕 수준이었기에 그가 어렵지 않게 해치울 수 있었지만, 지금 나타난 마왕은 그 정도가 아니었다.

소마왕이 아닌 진짜 마왕!

사실 소마왕도 마왕이다. 그저 대놓고 마왕이라고 자신을 드러낸 마왕을 진짜 마왕이라 말하고, 샤크처럼 스스로 날개를 봉인하며 마왕임을 드러내지 않은 이들을 소마왕이라 일컬을 뿐이다.

따라서 보통은 소마왕보다 마왕이 훨씬 강한 것이 당연했다. 날개 봉인 여부를 떠나서 스스로의 정체를 감추고 묵묵히 힘을 기르고 있는 소마왕 보다 마왕이 더 오랜 세월을 살았고, 그만큼 체내에 지니고 있는 선천마기도 많을 것이니 말이다.

그렇다면 무조건 오래만 살았다고 강한 마왕인 것일까?

물론 그것은 아니었다. 일정 수준이 지나면 그 또한 의미가 없었다. 강함과 약함을 그저 선천마기의 양만으로 가늠할 수는 없기 때문이었다. 물론 선천마기가 많을수록 강할 가능성은 높지만 간혹 그와 같은 한계를 뛰어넘는 특별한 마왕들이 존재하기도 했다.

샤크가 바로 그와 같은 경우였다. 전생의 기억을 덕분으로 샤크는 환야에 태어난 소마왕으로서 유례없는 엄청난 성장을 했고, 지금은 이미 웬만한 마왕 정도는 우습게 볼 정도의 수준에 이른 상태였다.

그렇다 해도 샤크는 긴장하지 않을 수 없었다. 어쩌면 정말로 그가 전력을 다하고도 이길 수 없는 마왕이 나타났을 수도 있기 때문이었다.

'마왕이 왜 이곳에 나타난 건가? 그것도 라우벤의 집에!'

샤크는 상공에서 라우벤의 집을 뚫어져라 노려봤다. 바로 그때 라우벤의 집에서 한 명의 어린 소년과 두 마리의 몬스터가 걸어 나왔다. 두 몬스터는 각각 목에 목줄이 걸려 있었는데 어린 소년이 그 목줄들을 한 손에 쥔 상태였다.

'저, 저건?'

샤크의 두 눈이 커졌다. 몬스터들의 정체를 단번에 간파했기 때문이었다. 그들은 본래부터 몬스터가 아니라 마왕이 시전한 이모털 무타티오로 인해 저주를 받은 존재들이었다.

'저 오크는 라우벤이 틀림없군. 그리고 저 라따는 못 보던 아이인데······.'

샤크의 두 눈은 저주받아 변형된 외모가 아닌 본신의 모습을 꿰뚫고 있었다. 라우벤과 웬 소녀. 그러고 보니 그녀의 모습은 비니안을 닮은 터였다.

'비니안의 딸이 분명해.'

하긴 20여 년이라면 충분히 저만한 딸을 두고도 남을 시간이었다. 라우벤이 그의 손녀와 나란히 저주를 받아 몬스터 신세가 되어 있었던 것이다.

'제길! 하필이면 저 끔찍한 저주를 당하다니.'

샤크는 인상을 찌푸렸다. 그가 지난 20여 년 동안 마법을 연구한 목적에는 이모털 무타티오와 같은 가공할 저주를 해제하는 방법을 알아내기 위함도 있었다.

그러나 마법을 연구하면 할수록 그것이 점점 더 불가능하다는 것을 확인할 뿐이었다. 마왕의 저주는 그 저주를 펼친 마왕을 제거하기 전에는 절대 사라지지 않는다.

예외가 있다면 마왕도 어찌 못할 만큼 강력한 신성력을 지닌 성녀나 용자가 그 저주를 풀 수 있다고 했는데, 그 또한 어떤 마왕이 저주를 펼쳤는가에 따라 달라진다 했다.

그래도 샤크의 연구가 아주 쓸모없는 것만은 아니었다. 비록 이모털 무타티오 같은 강력한 저주 마법의 해제는 불가능했지만, 그보다 약한 수십여 가지 저주 마법들은 어렵지 않게 해제가 가능했으니까.

문제는 이모털 무타티오였다. 환야에서 가장 끔찍한 저주 마법의 으뜸에 있다고 하는 만큼 그에 대한 해제 방법은 아직 실마리도 잡지 못한 터였다.

'저 마왕을 반드시 죽여야 한다. 놈이 도주라도 한다면 라우벤과 저 아이는 영원히 저주받은 신세를 면하기 힘들게 된다.'

샤크가 섬뜩하도록 차가운 눈빛으로 노려보고 있음을 소년도 눈치챈 것일까? 소년이 문득 고개를 들어 상공을 쳐다봤다. 소년은 빙그레 웃었다.

"네가 날 찾아왔구나. 내 수고를 덜어 줘서 아주 고마운 걸."

사실 매릭은 샤크를 찾기가 쉽지 않을 것 같아 고민 중이었는데, 샤크가 자신을 찾아오자 반색했다. 그가 수고한 것은 아니지만 어쨌든 로니안이 말한 소원은 달성한 것이니 말이다.

 이로써 그의 일루전 트레저인 부활의 무덤과 클라우드 대륙이 연결되는 순간이었다. 이제 그가 이곳 대륙의 인간들을 죽이면 그들의 영혼은 부활의 무덤에게 고스란히 바쳐질 것이다.

 "헤헷! 기특하게도 날 찾아왔으니 너를 첫 번째 제물로 삼아 주겠어."

 매릭은 환하게 웃었다. 해맑게 웃는 그의 모습을 샤크는 인상을 찡그리며 쳐다보고 있었다. 외모만 봐서는 영락없이 귀여운 인상의 어린 소년이었다. 설마 누가 저런 소년이 무시무시한 마왕일 것이라고 생각할 수 있겠는가.

 그러나 어차피 외모란 그저 껍데기일 뿐이다. 상대는 마왕. 샤크의 입가에 차가운 냉소가 돌았다.

 "넌 오늘 여기서 죽는다."

 샤크의 전신에서 상상할 수 없는 기세가 뿜어져 나오는 순간 여유롭게 미소를 짓고 있던 매릭의 안색이 딱딱하게 굳어졌다. 그의 인상이 점차 일그러졌다.

 "내 정체를 알고 있는 것 같은데도 담담하다니. 넌 뭐냐? 혹시 용자냐?"

 분명히 용자가 없는 대륙인 것을 확인하고 소환에 응했는데, 딱 봐도 왠지 용자 같은 녀석이 나타나자 매릭은 긴장하지 않을 수 없었다.

샤크가 날개를 봉인한 상태이고, 또한 그가 가진 기운이 마기가 아닌 무극지기다 보니 매릭은 샤크가 설마 자신과 같은 마왕이라는 사실은 전혀 알지 못했다.

마왕이 아니면서 마왕을 위협할 만한 존재! 그것이 용자가 아니면 누구이겠는가? 매릭은 샤크의 정체가 용자임을 확신했다.

"큭! 이제 막 용자가 된 녀석 같은데 하필 나를 만나서 안됐구나. 좋아. 이 대륙을 나의 마계로 흡수하는 데 용자를 첫 번째 제물로 삼는 것이 상당히 특별한 의미가 있겠군. 어디 한번 재롱을 떨어 보겠느냐?"

그 말이 끝나는 순간 매릭의 몸은 샤크가 떠 있는 상공으로 이동해 있었다. 그 모습을 오크 라우벤과 라따 로니안이 잔뜩 상기된 표정으로 쳐다보고 있었다.

"쥐익! 로드! 드디어 오셨군요. 하지만 조심하셔야 합니다."

"찌익! 저분이 바로……?"

그들은 기대 반 우려 반이 담긴 눈빛으로 샤크와 매릭을 쳐다봤다. 특히 라우벤은 샤크의 능력이 불가사의한 것은 알고 있지만 마왕 매릭을 이기기란 쉽지 않을 것이란 우려를 가지고 있었다.

하지만 그는 그렇다고 샤크가 순순히 질 것 같지도 않은 확신도 들었다. 그 스스로 생각해도 터무니없는 그 확신은 어디에서 오는지 모르지만, 그래도 그 확신으로 인해 그의 가슴은 세차게 뛰고 있었다.

그것은 로니안 역시 마찬가지였다. 밤하늘의 상공에서 은은한 광채를 발하며 담담히 떠 있는 샤크를 본 순간 그녀의 마음에는 거대한 충격이 일었다.

인간이 어찌 저런 대단한 기세를 뿜어낼 수 있는 것일까? 말로만 듣던 샤크의 신비로운 신위를 목격한 그녀는 자신이 라따가 된 처지도 잊고 경이로운 감동에 휩싸여 있었다.

"찍! 샤크 님, 그 사악한 마왕을 꼭 혼내 주세요."

순간 샤크와 매릭이 동시에 힐끗 시선을 내려 로니안을 쳐다봤다. 샤크의 입가에는 담담한 미소가 맺혀 있는 반면 매릭은 떨떠름한 표정을 지었다. 그러다 그는 이내 샤크를 노려보며 키득거렸다.

"큭! 안타깝군. 저 아이는 네가 나를 혼내 주길 바라고 있다만 아무래도 그 일은 실현되기 힘들 것 같으니 말이야."

"왜 실현되기 힘들다고 생각하지?"

"난 네가 상상할 수 없는 오랜 세월을 살아왔지. 하찮은 존재인 네가 날 이긴다는 건 불가능해."

샤크는 픽 웃었다.

"오래 산 걸로 따지면 나 역시 네가 상상할 수 없는 세월을 살아왔다."

이는 사실 틀린 말이 아니었다. 샤크가 소마왕으로 태어난 것은 그리 오래되지 않았지만, 그는 그 이전의 삶도 포함해서 말한 것이었다. 광협 백룡으로서의 삶뿐만 아니라 그의 죽음 이후 있었던 아득한 공간 속에서의 시간도 말이다.

마치 정지되어 있었던 듯했던 그 시간을 돌이켜보면 흡사 영겁의 시간과도 같았으니까. 그 아득한 시간에 비춰본다면 장구하다는 마왕으로서의 수명도 그저 한순간에 지나지 않을 것이다.

그러나 그러한 사실을 매릭이 어찌 짐작할 수 있겠는가. 그는 샤크의 말이 가소롭기 그지없었다.

"큭! 제법 마음에 드는 녀석이로군. 좋아. 만일 네가 말이 아닌 능력으로 나 매릭을 놀라게 할 수 있다면 특별히 죽이지 않고 권속으로 삼아 주도록 하지. 어디 한번 재롱을 피워 보아라."

재롱이나 피우게 생긴 어린 소년의 입에서 샤크에게 재롱을 피워 보라는 말이 나오자 왠지 우스꽝스러웠다. 그러나 샤크는 사양하지 않고 손을 움직였다.

"선공을 양보한다니 고맙군."

번쩍!

순간 어둑한 하늘에 붉은빛의 뇌전이 일어나 매릭의 몸에 작렬했다.

"쿠으으윽!"

매릭의 몸이 부르르 떨리더니 그대로 먼지가 되어 부서져 버렸다.

파스스스스—

설마 단 일격에 매릭을 해치운 것일까? 물론 그것은 아니었다. 부서진 먼지들이 한데 모여들더니 다시 하나의 형상을 이루었기 때문이다.

그리고 그것은 귀여운 소년의 모습이 아니라 거대한 악마의 형상이었다. 머리에 두 개의 뿔이 달리고 핏빛의 날개를 가진 악마! 그것이 바로 붉은 날개 마왕 매릭의 본신이었다.

"쿠크크크! 단 일격에 나의 본신을 드러내게 만들다니 생각보다 제법이었군. 그러나 아느냐? 내가 본신을 드러낸 이상 네놈은 이제 내게 절대로 대항할 수 없다는 것을."

그와 함께 사방이 완벽한 암흑으로 휩싸이기 시작했다. 암흑의 결계! 이 결계 속에서는 그와 같은 마왕이 최상의 능력을 발휘할 수 있을 뿐 아니라, 상대가 달아날 수 없도록 가두는 효력도 있었다.

따라서 보통은 이처럼 암흑의 결계가 펼쳐지면 용자들은 기겁하며 결계의 반경에서 벗어나곤 했다. 마왕에게 유리한 암흑의 결계에 갇히는 순간 낭패를 면키 힘들기 때문이었다.

그런데 샤크는 아무런 대응도 하지 않고 그대로 있었다. 흡사 암흑의 결계가 무엇인지 모르는 것처럼 말이다. 그는 득의만만한 미소를 지었다.

'큭! 저놈은 확실히 풋내기 용자가 맞구나.'

굳이 암흑의 결계를 펼치지 않아도 이길 수 있는 풋내기 용자가 분명했다. 그래도 만에 하나 달아날 수도 있으니 결계를 펼쳐 확실히 붙잡아 둔 것은 잘한 일이었다.

그러나 그가 어찌 알겠는가. 이 암흑의 결계 속에서 그의 능력만이 최상으로 발휘되는 것이 아니라는 것을. 그것은 샤크 역시 마찬가지였다. 그 역시 마왕이었으니까.

특히나 샤크는 매릭이 암흑의 결계를 펼치자 오히려 회심의 미소를 지었다. 암흑의 결계는 자신보다 능력이 약한 상대를 가둘 때 사용하는 이른바 구속의 결계 중 하나다. 그로써 상대를 달아나지 못하게 만드는 이점도 있지만, 자신 역시 상대를 제압하지 못하면 결계를 빠져나갈 수 없는 한계가 있는 것이다.

매릭은 샤크가 달아나지 못하도록 암흑의 결계를 펼쳤겠지만, 그것이 역으로 자신을 옭아매게 될 줄은 상상도 못했으리라.

'마왕 매릭! 네놈은 네가 만든 결계 속에서 내 손에 죽게 될 것이다.'

샤크의 두 눈이 번뜩였다. 물론 그 역시 긴장이 없을 수는 없었다. 상대는 마왕이다. 일전의 해치웠던 소마왕 보다 가히 수십 배는 더 강력한 마왕! 그를 이기려면 샤크 역시 전력을 다하지 않으면 안 되는 상황이었다.

아니나 다를까, 암흑의 결계가 완성되자 매릭은 사정없이 공격을 가해 왔다. 암흑 속에서 붉은빛의 광선들이 샤크를 향해 거센 빗줄기처럼 쏟아져 내렸다.

번쩌쩌쩌—쩍!

그 빛들은 샤크가 있던 공간을 갈기갈기 찢어버렸다. 그러나 샤크는 이미 매릭의 뒤쪽으로 이동했고 그대로 수검(手劍)을 휘둘렀다.

스파파파팟—

수많은 검광(劍光)으로 이루어진 폭풍! 그 빛들은 그랜드 마스터가 발하는 인텐스 오러 블레이드 보다 몇 단계 상위의 위력을 가진 터였다. 상대가 마왕인 만큼 샤크는 자신이 펼칠 수 있는 최강의 초식을 펼쳤고, 그것은 그대로 매릭의 몸에 작렬했다.

파파파파팍—

가히 존재하는 그 무엇이라도 흔적도 없이 소멸시켜 버릴 수 있는 강렬한 검광의 폭풍에 맞은 이상 아무리 마왕이라도 무사하지 못할 것이다.

그러나 샤크의 예상과는 달리 매릭은 날개를 펼쳐 그것을 막아내 버렸다. 샤크가 가진 최강의 초식이 마왕의 날개 즉, 윙 실드를 뚫지 못했던 것이다.

물론 마왕의 윙 실드가 모두 이렇게 강력한 방어력을 가진 것은 아니었다. 그 또한 마왕이 가진 마력에 따라 그 위력이 천차만별이니까. 이는 그만큼 매릭의 마력이 강력하다는 것을 의미했다.

"크크킄! 제법 나를 놀라게 하는구나. 하지만 그따위 공격은 내게 전혀 통하지 않는단다."

매릭이 키득거렸다. 그러나 그는 내심 경악한 터였다. 방금 전 샤크가 날린 공격에는 그가 무슨 수를 써도 피할 수 없을 만큼 쾌속했을 뿐만 아니라 가공할 위력까지 깃들어 있었다.

그가 혼신의 힘을 다해 윙 실드를 펼치지 않았다면 지금쯤 그는 마왕으로서의 장구한 삶을 끝내고 환야의 세계의 먼지로 돌아가고 말았으리라.

'으득! 위험한 놈이군. 없애 버리는 게 좋겠어.'

본래라면 가볍게 제압해 권속으로 만들 생각도 있었다. 용자를 사로잡아 권속으로 부리는 것은 마왕에게는 매우 흥미로운 일이며, 다른 마왕들에게 자랑거리도 될 수 있기 때문이었다.

그러나 샤크는 권속으로 삼기에 다소 부담스러운 존재였다. 한번 충성을 다짐하면 좀처럼 변하지 않는 로아탄이라면 모를까, 한낱 인간 용자 따위에게 그런 충성심을 기대할 수는 없는 것이다.

"크카카캇! 없애 버리겠다."

샤크를 죽이기로 작정한 순간 매릭의 몸이 하나의 거대한 칼날처럼 변했다. 핏빛의 칼날! 그것은 물론 마왕 매릭의 윙 블레이드였다. 마왕이 가진 최강의 비기가 드디어 펼쳐진 것이었다.

Chapter 12
찬란한 은빛 날개

쿠우우우우!

암흑을 가르며 빛살처럼 날아드는 거대한 윙 블레이드를 본 샤크의 안색이 굳어졌다. 멀리서 번쩍하는 순간 윙 블레이드는 이미 그가 있던 공간을 갈라 버렸다.

샤크가 공간 이동을 통해 피했지만 윙 블레이드는 그 즉시 따라붙었다. 샤크가 어디로 이동을 해도 그것은 따라붙었다.

'제길! 숨 쉴 틈도 주지 않는군.'

그런데 그것은 시작일 뿐이었다. 샤크가 지속적으로 공격을 피하자 일순 윙 블레이드가 부르르 진동하더니 두 개의 분신으로 분화되는 것이 아닌가?

파파파파—

두 개의 윙 블레이드가 양쪽에서 날아들었다. 순간 샤크의 신형도 두 개로 분화되었고 그것들은 각각 윙 블레이드를 피해 달아나기 시작했다. 매릭이 가소롭다는 듯 조소를 흘렸다.

"크크큭! 쓸데없는 짓일 뿐이다. 어디 언제까지 그런 식으로 피할 수 있나 보겠다."

샤크는 아무런 대꾸도 하지 않고 피하는 데만 집중했다. 윙 블레이드를 정면으로 상대하는 것은 바보짓일 뿐이었다. 이대로 계속 피하다 보면 매릭은 빈틈을 드러낼 것이다. 윙 블레이드는 강력한 만큼 마력 소모가 극심하니까.

그러나 그러한 샤크의 예상과는 달리 윙 블레이드의 속도는 더욱 빨라졌다. 환야에서 과거에 이와 같은 전투를 숱하게 벌여본 경험이 있는 매릭이었다. 그는 샤크가 무슨 생각을 하고 있는지 잘 알고 있었던 것이다.

"크카카캇! 가소로운 놈! 내가 지치기를 바라고 있나 본데, 그런 요행이란 벌어지지 않는다. 이제 나의 진정한 실력을 보여주마."

이럴 수가! 그렇다면 지금껏 매릭은 전력을 다하지 않았다는 것인가?

샤크가 놀라는 사이 윙 블레이드의 속도가 갑자기 두 배는 빨라졌다. 샤크가 전력을 다해 피했지만 윙 블레이드는 그를 지척까지 따라붙었다.

쒸이이—

엎친 데 덮친 격으로 그때 샤크의 앞쪽에서 또 하나의 윙 블레이드가 날아들었다.

'이런!'

좀 전까지는 샤크가 미리 이동 지점을 확보했기에 지금처럼 양쪽으로 포위되는 일은 없었다. 그러나 지금은 윙 블레이드의 속도가 너무 빨라 그것이 불가능했다. 이대로라면 샤크는 결국 두 개의 윙 블레이드 중 하나를 피하지 못하고 무참히 당할 가능성이 높았다.

쒸이이이—!

암흑 공간을 가르며 파고드는 가공할 핏빛 날개들! 그 미증유의 힘이 깃든 날개 앞에서 결국 샤크는 비참한 최후를 당하고 말 것인가?

파아아악!

급기야 둘 중 하나가 샤크에게 적중하고 말았다. 매릭은 쾌재를 불렀다. 그는 샤크가 이로써 가루로 변해 흩어져 버릴 것을 의심치 않았다.

그러나 곧이어 앞에 드러난 광경을 본 그는 두 눈을 부릅뜨고 말았다. 도저히 말도 안 되는 일이 벌어진 터였다.

그의 핏빛 윙 블레이드가 뭔가에 가로막혔고 오히려 튕겨 나왔다. 단순히 튕겨 나온 정도가 아니라 한쪽 날개의 일부분이 일그러져 버렸다. 그뿐인가? 다른 한쪽 날개는 아예 반쯤 찢겨져 너덜거리고 있었다.

"쿠으으으윽!"

그로부터 엄습하는 가공할 고통! 그러나 지금은 고통이 문제가 아니었다. 매릭은 전신이 찢어질 것 같은 고통보다, 눈앞에 벌어진 믿기지 않는 광경에 더욱 끔찍한 충격을 받았다.

찬란한 은빛 날개!

암흑 공간을 환하게 밝히는 신비로운 은빛 날개라니. 이게 대체 어찌 된 일이란 말인가?

그러나 단순히 신비로운 은빛의 날개가 나타난 것 때문에 매릭이 이토록 충격을 받은 것은 아니었다. 그 날개가 보통의 날개가 아닌 마왕의 날개라는 것!

다시 말해 매릭의 윙 블레이드를 받아 낸 것은 그 은빛 날개가 펼친 윙 실드였다. 동시에 그것은 윙 블레이드로 변해 매릭의 날개를 찢어 버렸던 것이다.

이것은 무엇을 의미하는가?

비로소 매릭은 샤크의 정체가 무엇이었는지 알 수 있었다. 날개를 봉인한 마왕! 이른바 소마왕이 샤크의 정체였던 것이다. 날개를 봉인한 소마왕의 정체는 그가 스스로 날개의 봉인을 풀기 전까지는 설사 대마왕이라 할지라도 알아보지 못한다.

샤크는 위기에 처하자 날개의 봉인을 해제하고 마왕으로서의 자신을 드러낸 것이었다. 물론 이는 환야에서 간혹 벌어지는 일이니 특별할 것은 없었다.

그러나 아무리 소마왕이 날개의 봉인을 해제한다고 해도 매릭과 같이 오래도록 마왕의 삶을 살아온 노마왕급의 존재를 상대한다는 것은 결코 쉬운 일이 아니었다.

그것은 그야말로 샤크가 아득히 오랜 세월! 어쩌면 매릭이 마왕으로 태어났을 때보다 더 오래전부터 소마왕으로서 살아왔다면 모를까, 그렇지 않다면 막 날개의 봉인을 해제한 상태에서 매릭을 이토록 압도하는 능력을 발휘하기란 불가능한 것이다.

그러나 그것은 매릭이 가진 마왕으로서의 상식일 뿐, 환야에는 매우 기이한 일이 많이 벌어진다. 샤크는 보통의 마왕이 아닌 별종이라 불릴 수 있는 특출난 존재였다.

"크으으! 믿을 수 없다! 어찌 소마왕 따위가!"

날개가 일그러지고 찢겨진 매릭은 제대로 날지 못해 연신 비틀거렸다. 그런 매릭을 이제는 신비로운 은발에 찬란한 은빛 날개를 가진 마왕 샤크가 섬뜩하도록 차가운 눈빛으로 노려봤다.

사실 샤크는 굳이 날개의 봉인을 풀지 않고 살 생각도 있었다. 물론 그가 날개의 봉인을 풀 경우 웬만한 마왕은 가볍게 이길 수 있으리란 확신이 있었지만, 그렇다 해도 굳이 마왕임을 드러내 귀찮은 일을 자초하고 싶지 않았기 때문이었다.

일단 샤크가 마왕이라는 것이 드러나게 되면 용자들이 몰려들게 된다. 샤크를 죽이기 위해서 말이다.

그러나 샤크가 소마왕인 상태에서는 누구도 샤크의 정체를 모르니 그런 걱정을 할 필요가 없었다. 그냥 유유자적하면서 조용히 살면 그 누구도 샤크를 괴롭히거나 귀찮게 하지 않을 테니까.

그런데 하필이면 소마왕인 샤크로서는 감당하기 힘든 강력한 마왕을 만났으니 문제였다. 샤크는 가급적이면 날개의 봉인을 풀지 않고 매릭을 상대해 보려 했지만, 결국 위기에 몰려 부득불 봉인을 해제한 것이었다.

'이제 좋은 날은 다 간 것 아닌지 모르겠구나. 부디 귀찮은 일들이 벌어지지 않으면 좋으련만. 제길! 이게 다 저놈 때문이다.'

그가 날개를 펼친 순간부터 매릭은 이미 그의 상대가 되지 못했다. 가히 미증유라 할 수 있는 무극지기가 깃든 그의 은빛 날개는 매릭의 윙 블레이드를 튕겨 버렸고, 또한 찢어 버렸다.

매릭은 전투력의 태반을 상실한 상태였고 극심한 부상까지 당했다. 그러나 부상의 고통보다 조금 전까지는 풋내기 인간 용자라고 생각했던 샤크가 자신보다 강한 마왕이라는 것을 알게 되자 정신적 충격에서 좀처럼 헤어 나오지 못했다.

"크으으으! 이, 이건 말도 안 된다. 이런 일은 절대 벌어질 수 없어!"

"네가 인정하건 안 하건 이미 일은 벌어졌지. 이제 네게 남은 건 죽음뿐이다."

샤크가 입가에 비릿하도록 차가운 미소를 띠우며 다가왔다. 순간 죽음이라는 것을 떠올린 매릭은 전신을 부르르 떨었다.

　물론 그는 이미 몇 번이나 죽음을 겪어 보았다. 일루전 트레저인 부활의 무덤을 통해 살아나긴 했지만 죽음이란 결코 유쾌한 일이 아니었다. 아무리 마왕인 그라 해도 죽는 것은 정말 경험하기 싫은 일이었던 것이다.

　그러나 이제는 그때와 달리 부활도 불가능했다. 부활의 무덤에 인간들의 영혼을 대가로 바치지 못했기 때문이었다.

　이제 부활의 무덤은 매릭이 죽는다 해도 아무런 능력을 발휘해 주지 않을 것이다. 오히려 그가 죽는 순간 방대한 환야의 세계 어디론가 종적을 감춰 버릴 것이 분명했다.

　'주, 죽고 싶지 않아······.'

　보통의 다른 마왕들도 그렇긴 하지만 매릭은 특히 생존에 집착했다. 자신은 다른 이들을 무수히 죽이면서도 정작 자신은 죽기 싫어했다. 그러나 그가 아무리 죽음을 거부한다 해도 샤크가 작정한 이상 그는 죽음을 면키 힘들었다.

　마왕의 죽음은 영원한 소멸을 의미한다. 정말 이대로 죽어야 한다는 말인가? 이 좋은 환야의 세계를 두고 정녕 이렇게 가야 한다는 말인가? 그 생각을 하자 울컥한 매릭은 조급히 외쳤다.

　"자, 잠깐! 날 살려다오. 그러면 네게 좋은 보물을 주겠다."

샤크가 어이없어하는 표정으로 그를 노려봤다.

"헛소리를 하는구나. 네가 설령 클라우드 대륙을 다 사고도 남을 만한 보물을 준다 해도 필요 없다. 네가 마왕이라면 마왕답게 죽음을 담담히 받아들여라. 그동안 환야에서 수많은 이들을 죽이면서 정작 네가 죽을 날이 오리라고는 생각하지 못한 거냐?"

"닥쳐! 나…… 난 죽고 싶지 않다."

죽음 앞에서 당당하라니! 마왕이라고 그게 쉬울 것 같은가? 누구나 죽음을 두려워하지만 본래 가진 것이 더 많은 자가 더욱 죽음을 놓기 어려운 법이다. 하물며 환야의 세계에서 마왕이라는 권능자로 떵떵거리던 매릭이 어찌 죽음을 그리 쉽게 받아들일 수 있겠는가?

그러나 그가 죽음을 순순히 받아들이건 말건, 샤크에게는 그다지 관심이 없었다. 그가 살려주는 조건으로 그 어떤 것을 내건다 해도 그는 반드시 매릭을 죽여야 했다.

그것은 매릭이 사악한 마왕으로서 없어져야 할 존재이기도 했지만, 그가 죽어야 그로부터 저주를 당한 라우벤과 그의 손녀가 저주에서 풀려날 것이기 때문이었다.

샤크의 두 눈에 살기가 감돌자 매릭이 두 손을 싹싹 빌며 말했다. 가증스럽게도 그는 다시 본래 소년의 모습으로 돌아온 터였다.

"흐윽! 살려 줘! 살려 달라고! 뭐든 시키는 대로 한다니까!"

귀엽고 선한 인상을 가진 어린 소년이 눈물을 펑펑 흘리며 살려 달라고 빌고 있었고, 샤크는 그 소년을 죽이기 위해 막 손을 쓰려는 상황! 누구라도 앞뒤 사정을 모르고 지금 모습만 본다면 샤크야말로 사악하기 짝이 없는 마왕이라 생각할 것이다. 물론 그러든지 말든지 샤크는 신경도 쓰지 않겠지만.

"정말 비굴한 녀석이군. 그만 가라."

"잠깐! 날 살려 주면 일루전 트레저를 주겠다."

순간 샤크의 두 눈에 이채가 일었다. 일루전 트레저가 무엇인지 그가 어찌 모르겠는가.

샤크가 잠시 망설이는 듯하자 매릭은 회심의 미소를 지었다. 비록 일루전 트레저인 부활의 무덤이 아깝긴 하지만 이대로 죽으면 어차피 그 또한 소용없는 일이었다.

일단은 살아남는 것이 중요했다. 살아 있으면 언젠가는 복수할 기회도 오고 또한 일루전 트레저를 다시 빼앗을 날도 올 테니까.

특히나 이대로라면 그가 살아남는다 해도 부활의 무덤은 그의 손을 떠날 것이다. 본래라면 클라우드 대륙에서 수많은 인간들을 학살해야 하는데 그것이 불가능해져 버렸다.

따라서 어차피 잃어버릴 보물인데 까짓것 그것을 줘 버리고 살아날 수 있다면 결코 손해 보는 일은 아니었다. 곧바로 그는 샤크에게 부활의 무덤이 얼마나 대단한 능력을 가진 일루전 트레저인지 설명하기 시작했다.

"헤헷! 그…… 그것이 있으면 네가 죽어도 다시 살아날 수 있다. 나 또한 그 덕분에 몇 번이고 살아났지."

죽으면 부활시켜 주는 보물! 매릭은 샤크가 이것에 반드시 관심을 보이리라 확신했다. 그러나 샤크는 의외로 아주 시큰둥한 반응을 보이는 것이었다.

"대신 그걸 사용하려면 인간의 영혼들을 제물로 바쳐야 하겠지. 일루전 트레저라는 것이 원래 그런 거 아닌가?"

"그거야 물론이다."

매릭은 당연하다는 듯 말했다. 그것이 무슨 거리낄 이유라도 되냐는 듯. 그러나 샤크는 인간의 영혼들을 대가로 일루전 트레저의 능력을 사용하고픈 생각은 추호도 없었다.

"그따위 건 관심 없어. 그리고 한 가지 착각을 하고 있군. 부활의 무덤이라는 일루전 트레저가 너의 소유라면 어차피 네가 죽으면 나의 소유가 될 것인데 왜 굳이 그걸 받는 조건으로 널 살려 준다는 말이냐?"

"그, 그건……."

매릭의 얼굴이 일그러졌다. 샤크의 말은 틀림없는 사실이었다. 본래 일루전 트레저라는 것들의 속성이 바로 그런 것이니까.

그때 샤크가 차가운 미소를 흘리며 말했다.

"그리고 네가 반드시 죽어야 할 이유를 또 알려줄까?"

"그게 뭔데?"

"네놈이 내 부하에게 이모털 무타티오를 펼쳤기 때문이야. 다른 수많은 이유로도 너는 죽어 마땅하지만, 그것 때문에 넌 반드시 죽어야 한다. 그래야 내 부하의 저주가 풀리지 않겠느냐?"

"저주가 풀린다고?"

그 말에 매릭의 표정이 기괴하게 변했다. 그는 비로소 샤크가 무엇 때문에 자신을 더욱 죽이려 하는지 그 이유를 알아냈던 것이다.

'크으! 말도 안 돼!'

매릭은 자존심이 상했다. 마왕이 죽어야 할 수많은 이유가 있다지만 인간에게 저주 좀 걸었다고 죽어야 한다는 건 너무 억울했던 것이다. 마왕에게 인간은 밟아 죽여야 할 하찮은 미물에 불과할 뿐이거늘.

"저 하찮은 인간들에게 건 저주 때문에 나를? 내가 저따위 인간들 보다 못 한 존재라고?"

"당연한 말을 하는군."

"우라질! 그게 같은 마왕으로서 할 소리야? 어찌 위대한 마왕을 하찮은 인간보다 못 하게 취급하는 거지?"

순간 샤크의 인상이 험악하게 변했다. 같은 마왕? 온갖 사악한 짓을 다 한 마왕 놈이 어디서 지금 같은 마왕이 어쩌고 하는 것인가? 샤크는 왠지 그 말을 듣는 순간 자신이 매릭과 동류가 된 듯한 느낌이 들어 기분이 나빠졌다.

"닥쳐라. 어딜 감히 나와 너를 같은 취급하려는 것이냐? 그러고 보니 쓸데없이 말이 길어졌군. 이제 진짜로 보내주마."

샤크의 두 눈에 섬뜩한 살광(殺光)이 어렸다. 그러자 매릭은 발작을 하듯 외쳤다.

"자, 잠깐! 날 죽이면 네 부하들도 죽게 된다. 그래도 좋으냐?"

"그게 무슨 헛소리냐?"

샤크의 우수(右手)에서 피어난 검광의 광채가 매릭의 전신을 막 훑기 직전 사라졌다. 그는 매릭이 또 쓸데없는 헛소리를 한다 생각하면서도 혹시나 모른다는 생각에 긴급히 출수를 거둔 것이었다.

그러자 매릭이 입가를 비틀며 웃었다.

"큭! 이모털 무타티오! 네 말대로 본래 그건 저주를 건 마왕이 죽으면 저주가 풀리게 되지. 하지만 난 그게 왠지 마음에 들지 않아 최근에 연구를 거듭해서 변형을 시켰거든. 내가 죽는 순간 나의 저주를 받은 모든 이들이 함께 죽게 되도록 말이야."

"그게 정말인가?"

"쿡쿡쿡! 정말인지 아닌지 궁금하면 날 죽여 보면 알 게 될 거야. 하지만 조심하는 게 좋을걸. 부하들이 끔찍하게 죽는 모습을 보고 싶지 않으면 말이지."

"빌어먹을!"

샤크의 안색이 딱딱하게 굳어졌다. 그는 혹시라도 매릭이 살아남기 위해 꾸며 댄 말이 아닌가 의심이 들었지만, 그렇다 해도 섣불리 그를 죽여 그것을 시험해 볼 수는 없었다.

그리고 사실 저주를 해제하는 것은 매우 어렵고도 불가능에 가까웠지만, 지금처럼 저주의 강도를 좀 더 강하게 변형시키는 것은 그리 어려운 일이 아니었다. 작정하면 매릭이 펼친 그러한 저주를 샤크도 얼마든지 펼칠 수 있었으니까.

'골치 아프게 됐군.'

이대로 라우벤과 그의 손녀를 포기하고 매릭을 죽여야 할 것인가? 아니면 일단 저주를 풀 방법을 어떻게든 찾아볼 때까지는 놈을 살려둬야 할 것인가?

샤크는 크게 고심하지 않았다. 그의 성격상 자신을 믿는 부하들을 포기할 수는 없었으니까. 그렇다고 마왕을 이대로 놓아둘 수도 없었다. 그 두 가지를 모두 만족시키는 방법은 의외로 간단했다.

샤크의 두 눈에서 시퍼런 안광이 번뜩였다.

"일단은 살려두지. 대신 나의 부하가 되는 조건이다. 내게 영원한 충성의 맹약을 해라."

"그, 그것은……."

마왕이 마왕에게 충성을 맹약하라니! 본래 마왕들은 자신의 피를 마족이나 마물에게 먹여 영원히 배신을 못하게 충성의 맹약을 시키는 경우는 흔했다. 만일 그 피의 맹약을 어기게 될 경우 해당 마족이나 마물은 처참한 고통과 함께 죽게 된다.

그러나 그 방법은 다른 마왕들에게는 거의 효력이 미치지 않는다. 마왕이 가진 강한 저항력 때문이었다. 따라서 마왕이 마왕에게 충성의 맹약을 하는 경우란 존재할 수 없는 것이다. 맹약을 한다 말하고 지키지 않아도 아무런 제재를 할 수 없으니까.
 물론 대마왕 플런더의 경우에는 다른 마왕들이 충성의 맹약을 하는 경우가 적지 않았다. 그러나 그것은 피의 맹약이 아니라 약자가 강자에게 복종하는 자발적 충성이라 할 수 있었다. 그 또한 환야에서 벌어지는 아주 기이한 현상 중의 하나로, 그것은 플런더가 다른 마왕들이 스스로 복종하게 만들만큼 강한 능력을 지니고 있기 때문이었다.
 따라서 샤크가 내건 조건은 매릭으로서는 매우 엉뚱하게 느껴지지 않을 수 없었다. 까짓것 살려 준다면 못 해 줄 것 없는 일. 피의 맹약이건 충성의 맹약이건 뭐든 다 해 줄 수 있었다. 그러다 기회를 봐서 달아나면 되는 일이니까.
 "좋아. 얼마든지 하겠어. 날 살려 준다면."
 매릭의 안색이 환해지다 못 해 입가에 은근히 조롱이 담긴 미소가 맺혀 있는 것을 본 샤크의 두 눈이 기이하게 빛났다.
 '보통의 마왕이 내린 저주라면 마왕에게는 통하지 않겠지. 하지만 무극지기를 깃들여 펼친 저주라면 설령 마왕이라 해도 쉽사리 벗어나기 힘들 것이다.'
 지난 20여 년 동안 샤크는 다른 것은 몰라도 저주에 대해서는 질리도록 연구해 보았다. 아쉽게도 아직 이모털 무타티오를 해제하는 방법은 알아내지 못했지만 그 과정 속에서 온갖 새로운 저주들을 창안해 본 터였다.

물론 누군가에게 저주를 걸기 위해 창안한 것이 아니라 모두 연구의 일환이었다. 저주를 풀기 위해서는 저주에 대해 잘 알아야 하니 말이다.

그렇게 만들어진 저주들을 설마 누군가에게 펼치게 될 것이란 상상도 해 보지 못했다. 어디까지나 연구의 일환이었을 뿐이니까.

그런데 뜻하지 않게 그런 상황이 발생한 것이다. 본래라면 당연히 죽여 없애 버려야 할 사악한 마왕이지만, 자칫하면 라우벤과 그의 손녀가 죽을 수도 있는 상황이기에 어쩔 수 없이 그를 살려두는 대신 저주를 걸어 통제하기로 결정한 것이다.

"그럼 시작하도록 하지."

샤크의 양쪽 홍채가 각기 다른 색으로 빛났다. 한쪽은 푸른색, 다른 쪽은 붉은색이었다.

츠으읏! 화아아악!

곧바로 샤크의 두 눈에서 각기 다른 빛이 흘러나가 매릭의 몸을 휘감았다. 그로 인해 매릭은 일순 뭔가 꺼림칙한 기분이 느껴졌지만 별생각 없이 넘어갔다.

"마왕 매릭! 너는 앞으로 영원히 내게 충성을 맹약하겠느냐?"

"물론입니다."

"이후로 나의 말에는 무슨 일이 있어도 복종할 것이며 만일 그것을 어길 경우 너에게 저주가 임하게 될 것이다."

"물론이죠."

"그럼 이제 네 이름을 걸고 맹약하라."

"마왕 매릭은 위대하신 마왕 샤크 님께 영원한 충성을 맹세하며 샤크 님의 말에 절대복종할 것을 맹약합니다. 이를 어길 경우 그 어떤 저주인들 달게 받겠습니다."

매릭은 뭔 말인들 못 하겠느냐는 표정으로 술술 대답했다. 어차피 통하지도 않을 저주라는 생각에 그는 그저 느긋하기만 했다.

〈다음 권에 계속〉

DREAMBOOKS★

DREAMBOOKS

DREAMBOOKS

DREAMBOOKS★